CW00543804

COLLECTION FOLIO

Christian Bobin

La lumière du monde

Paroles réveillées
et recueillies
par Lydie Dattas

Gallimard

Christian Bobin est né en 1951 au Creusot.

Il est l'auteur d'ouvrages dont les titres s'éclairent les uns les autres comme les fragments d'un seul puzzle. Entre autres : *Une petite robe de fête, Souveraineté du vide, Éloge du rien, Le Très-Bas, La part manquante, Isabelle Bruges, L'inespérée, La plus que vive, Autoportrait au radiateur, Geai, Tout le monde est occupé, La présence pure, Ressusciter, La lumière du monde* et *Le Christ aux coquelicots.*

Dans son modeste logement du Creusot, situé pertinemment dans une ancienne caserne de pompiers construite dans les années cinquante, Christian Bobin veille pour nous sur le trésor des mots. Il vit dans cette solitude si particulière des gardiens de phares, des éclusiers et des gardes-barrières, qui ont pour leur loisir la majeure partie de leur temps, mais dont la profession concentre en de brefs instants leur attention assez intensément pour empêcher que l'on se noie ou qu'on se fasse écraser. En tant que telle, sa solitude pourrait sembler égoïste : elle est en fait proportionnelle à l'attention presque monstrueuse que cet écrivain porte aux êtres et aux choses. Parce qu'il connaît les gens mieux que personne, il faut qu'il en reste distant, sous peine de succomber à cette empathie inouïe que son propre cœur lui impose. Ne pouvant épouser tout le monde, il reste seul. Pour le comprendre, il suffit donc d'imaginer quelqu'un qui deviendrait tout ce qu'il voit.

LYDIE DATTAS

Les paroles qui vont suivre n'ont pas été enregistrées. Il m'a semblé que la froideur de la technique nuirait à l'éclosion d'une vérité brûlante : je les ai donc cueillies une par une, à la main. Afin qu'aucune n'échappe, je n'avais que la tension extrême de mon écoute : celle-ci rendit mon interlocuteur encore plus présent à sa parole. Pour en restituer toute l'ardeur, j'ai supprimé ensuite l'échafaudage des questions : quoi de moins inspiré qu'un interrogatoire ? J'ai vu alors que la maison tenait debout, brillante dans la lumière.

L. D.

Le soleil inversé

Il est extrêmement rare de rencontrer quelqu'un, qu'on voie beaucoup de monde ou qu'on soit ce qu'on appelle un solitaire. La plupart des gens rendent très difficile de les rencontrer parce qu'ils ne sont pas vraiment dans leur parole ou parce qu'ils sont sans âme. Je fais toujours à l'autre le crédit de la nouveauté incroyable de son existence, mais ce crédit va s'user si l'autre a gâché cette merveille-là pour devenir comme tout le monde. Comment parler avec personne ? C'est impossible. Parfois, le désir de partager est si fort que je vais quand même tenter ma chance, mais souvent en vain. Les opinions ne m'intéressent pas. Ce qui me touche, c'est quand l'autre met tout le poids de sa vie dans la balance des mots et que sa pensée s'appuie sur ça. Pour ma part, j'ai parfois l'impression d'être totalement incapable d'aimer, et, en même temps, d'aimer plus que personne. Je vois très peu de monde, mais je peux être indéfiniment avec l'autre quand il est là. Quand je suis né, on m'a proposé le menu du monde, et il n'y avait rien de comestible. Mais quand l'autre est vraiment avec moi, je peux manger : je bois une gorgée d'air, je mange une cuillerée de lumière.

*

L'empathie c'est, à la vitesse de l'éclair, sentir ce que l'autre sent et savoir qu'on ne se trompe pas, comme si le cœur bondissait de la poitrine pour se loger dans la poitrine de l'autre. C'est une antenne en nous qui nous fait toucher le vivant : feuille d'arbre ou humain. Ce n'est pas par le toucher qu'on sent le mieux mais par le cœur. Ce ne sont pas les botanistes qui connaissent le mieux les fleurs, ni les psychologues qui comprennent le mieux les âmes, c'est le cœur. Le cœur est un instrument d'optique bien plus puissant que les télescopes de la Nasa. C'est le plus puissant organe de connaissance, et c'est une connaissance qui se fait sans aucune préméditation, comme si ce n'était plus nous qui faisions attention à l'autre, comme s'il n'y avait plus qu'une attention pure et une bienveillance fondée sur la connaissance de notre mortalité commune. Ce qui est très curieux, car qui est-on, à ce moment-là ? Toute sagesse qui vient dans le carcan d'une méthode est dépassée par le cœur. Ce moment qui foudroie toutes les carapaces d'identité, qui saute par-dessus l'abîme qui me sépare d'autrui et où le cœur de l'autre est deviné jusqu'en ses moindres battements, donne la plus grande lumière possible sur l'autre. Dans l'empathie, on peut prendre soin d'autrui comme jamais il ne prendra soin de lui-même, par une attention tendue comme un rai de lumière, mais il n'y a aucune emprise psychique sur lui. C'est l'art double de la plus grande proximité et de la distance sacrée. Le prince Mychkine, de Dostoïevski, est un prince de l'empathie. Peut-être que, par l'empathie, je remonte jusqu'aux photos de classe. Rien n'est plus troublant qu'une photo de classe parce que le destin, les épreuves et les joies, planent déjà autour des visages, hors cadre. Dans ces photographies, les enfants sont pris en grappes : autant de visages, autant de raisins, et la main du temps vigneron va les broyer pour en tirer un vin précieux ou aigre. Les vendanges vont venir et, par l'empathie, de même qu'avec des télescopes on peut remonter le cours de la lumière d'une étoile, eh bien, on peut remonter le cours du temps jusqu'à ce visage d'enfant montré par cette photographie de groupe, c'est-à-dire le comprendre. Tous les calendriers sont renversés : on a accès dans ce moment-là aussi bien au cœur de l'enfant qui a été qu'au cœur qui sera le sien le jour de sa toute dernière fin.

★

Sans le cœur, il n'y a pas d'empathie, car avoir du cœur c'est sortir de soi, mais s'il faut ressentir l'autre jusqu'à presque le devenir, il faut en même temps maintenir une distance sous peine de sombrer dans la fusion. L'empathie livrée à elle-même va à l'infini et par là elle se perd. C'est par empathie que la mère arrive à entendre les pleurs de l'enfant juste avant qu'ils n'arrivent, mais c'est par fusion que certaines mères ligotent l'âme de l'enfant à la leur de manière infernale : la limite de l'empathie, c'est la fusion, qui est de l'entre-dévorement. Dans l'état de fusion totale, une mère n'aura même pas besoin de parler pour que son enfant agisse, parce qu'elle lui parle à l'intérieur de lui. Dans la fusion, la proximité est terrible parce que quelqu'un a pris le pouvoir sur quelqu'un d'autre. La distance, qui n'est peut-être qu'une ligne de démarcation, est faite avec le couteau de la parole. C'est le langage qui empêche l'anthropophagie de la fusion.

★

L'écriture a par essence une tendance autistique. Le poète est un autiste qui parle. L'autiste, c'est un homme nu dans une pièce vide. Il n'éclaire rien parce qu'il retient sa lumière, mais en écrivant il retourne sa peau, et l'envers de cette peau est chamarré de couleurs splendides. L'autisme est un soleil inversé : ses rayons sont dirigés vers l'intérieur. La surface externe est lisse, sans ressenti ni attraits, mais l'intérieur est d'une magnificence inouïe. Tant que la personne est enclose en elle-même, rien n'irradie, ou à peine, mais quand elle arrive à s'exprimer, c'est inimaginable la splendeur qui est à l'intérieur. Comme l'autiste en se taisant, le poète s'ensevelit en écrivant : il vit une gloire interne et il est mort pour le monde.

*

Pour bien voir une chose, il faut en faire le deuil. Il faut être hors du monde, donc mort, pour bien le percevoir. Personne ne fera jamais une peinture aussi précise d'une cour de récréation que l'enfant qui est assis à l'écart et qui n'attend même plus ses parents. Cet enfant, qui peut décrire au geste près ce qui se passe et même ce qui ne se passe pas, a la prétention presque modeste de dire ce qui est dans la mesure même où il s'en retire. C'est celui qui s'absente qui peut le mieux parler des présences. Il ne se mêle à rien, mais à cause de cela il voit mieux que personne. Il a une vue d'une précision absolue, celui qui fait partir le monde du rayon de ses prunelles. Ça lui donne une vue d'oiseau de proie sur tout ce qu'il peut voir.

*

Encore tout enfant, j'ai quitté mon corps et je suis entré dans mes yeux. J'ai toujours lu ce que je voyais, et pas seulement dans les livres. Si, avec le temps, on perd un dixième de vue, moi, il me semble en gagner un dixième. Je ne me suis jamais trop mêlé des affaires du monde. Je trouvais horrible le sort fait aux autres et à moi dans cette vie-là. J'étais déjà en retrait. J'avais un monde du dedans. J'étais captif du bleu incroyable des hortensias dans la cour de mon enfance, de ce bleu comme à demi lavé par la pluie. Chaque fleur d'hortensia était plus grosse que ma main d'enfant. J'avais en même temps un étonnement et une lassitude d'être au monde. De temps en temps l'étonnement prédominait, de temps en temps la lassitude. Si j'étais tant attiré par la lumière, c'est parce qu'il y avait un fond de ténèbres. J'étais très solitaire, plus familier des enfants que je rencontrais dans les livres que de ceux que je voyais dans la rue. La brutalité des garçons me rebutait. Les autres enfants s'accommodaient de la surface des choses avec une gaieté brutale. Moi, les groupes m'attristaient : je les ai toujours redoutés. J'étais toujours sur mes gardes. Je suis donc resté incarcéré pendant des années dans les quelques mètres carrés de ma chambre. Les quelques arpents de terre où j'ai grandi étaient à la fois un refuge et une prison, où tout continuait à m'arriver malgré l'étroitesse de ma cellule. À une échelle aussi petite, le sol était suffisamment solide et tendu comme un tympan pour que tout y vibre. Il suffisait qu'une fleur de chèvrefeuille ou qu'un pétale de rose y tombe pour le faire vibrer extraordinairement : cela a fait un poème le jour où j'ai commencé à écrire. Pour ma part, plus mon regard s'affine et plus mon absence est certaine. Quand j'écris, c'est comme si je n'existais plus. Le plus souvent, le temps et moi on mène une vie différente : le temps s'écoule sous mes yeux comme une rivière et pendant ce temps-là je vieillis. Dans un sens, je n'aurai pas vécu : j'aurai passé ma vie à regarder la vie.

*

Soit on est vierge dans cette vie, soit on est brûlé par elle. Soit on est au bord, soit on est au cœur. Le seul risque, c'est d'être un peu mélangé : c'est la société. Soit on est jeté dans le brasier, soit on est un enfant qui ne prend rien de cette vie parce qu'il ne peut converser qu'avec les nuages. Moi, je fais partie de cette race-là. Enfant, je me suis assis sur un escalier pendant dix ans, adolescent, je me suis allongé sur mon lit pendant vingt autres années. Et puis un jour, je me suis mis à courir parce que, dans l'encadrement de ma porte, apparaissent soudain deux croque-morts : deux représentants d'assurances. J'avais fini par inquiéter tout le monde avec mon oisiveté, alors ma mère m'a envoyé ces deux personnages pour qu'ils m'expliquent comment je pourrais faire leur métier, et j'ai compris qu'il fallait que je me mette moi-même très vite à la recherche d'un travail si je ne voulais pas qu'on m'en impose un. C'est comme ça que j'ai travaillé dans un musée et que j'ai appris qu'il existe des bureaux et que c'est à périr d'ennui. Heureusement, lorsque je travaillais, il y avait un gros marronnier qui passait presque sa main par la fenêtre de mon bureau. Sa présence m'aidait à supporter l'enfermement dans un lieu qui m'était hostile.

*

Lorsque j'étais enfant, je trouvais déjà que les choses n'allaient pas avec ce qu'on me disait d'elles. Je me tenais tout le temps à côté du monde, du côté muet de la vie qui refusait obstinément d'entrer dans la vie convenue. J'ai préféré aller moi-même vers les choses pour leur demander leur nom, plutôt que de prendre le nom qu'on leur donnait. Ainsi, le crépi gris d'un mur irradié par des roses pouvait m'éclairer : j'étais au bord d'entendre ce qu'elles disaient. Ce pouvait être des roses, un visage balayé par un rayon de générosité, la souffrance d'une grand-mère, la douceur d'un visage amenée par la fatigue. Pendant trente ans, j'ai refusé d'entrer dans quelque chose qui m'aurait rendu fou : les contraintes et les loisirs tels qu'ils nous sont proposés par le monde. C'était le bruit de fond que j'entendais partout. Cette histoire aurait pu mal tourner : j'aurais pu devenir fou pour ne pas devenir fou. D'autant qu'il y avait aussi dans ma vie les éléments d'un conte : j'ai en effet une aïeule qui est morte d'une piqûre de rose.

⋆

Tous les bébés naissent en temps de guerre et dans des villes en ruine. Sitôt qu'on naît, on reçoit les éboulis de la vie. À peine nés, on se trouve sous les pylônes électriques des bruits, des conventions, du peu d'amour. La seule chance qu'on aurait, ce serait d'être élevés par des dieux. C'est effarant de voir qu'on tombe à la naissance entre des mains qui sont inexpérimentées, tremblantes, si peu sûres. Je ne suis pas une exception. Tout, dans ma vie, découle d'une première note donnée. Or, il se trouve que cette première note est sombre. Mon écriture, c'est comme une étincelle qui a tout de suite son autonomie, et qui provient pourtant du choc des matériaux les plus lourds et les plus noirs. Ce que je vis de clair est sans cesse arraché au sombre, je vais chercher mon amour jusque dans les enfers. Vous rendez-vous compte combien les entours de cette lumière doivent être obscurs pour que je sois ébloui par le bleu d'un hortensia ou par la simple parole d'une mère à son fils ? Quand j'étais enfant, la nuit était partout autour de moi, mais la noirceur du monde était parfois traversée par un rai de lumière : pour ne pas sombrer, je m'y agrippais comme un fou. Je peux vous assurer qu'un pétale de rose est assez solide pour empêcher quelqu'un de rouler au néant.

*

Mes livres sont des moments particuliers de ma vie. Ils sortent d'un fond taciturne, mais ces moments d'exception m'emportent au-delà de tout. L'écriture vient toujours du dehors, jamais du dedans. C'est le dehors qui me rentre dedans comme un train fou. Je sens alors comme un voile qui se déchire devant mes yeux et je me mets à voir. J'ai devant moi une pièce de velours noir et par moments elle se déchire, et derrière ce velours noir il y a de l'or pur. Ça me touche tellement que je sais à ce moment-là que la vie n'est pas vaincue. Je le sais d'un savoir que je ne peux pas démontrer mais qu'on ne pourrait pas non plus m'enlever. La fugacité de cette vision pourrait désespérer si elle ne laissait entrevoir une chose dont je sais qu'elle est toujours là. Écrire et voir, c'est pareil, et pour voir il faut de la lumière. Le paradoxe, c'est qu'on peut trouver de la lumière dans le noir de l'encre. C'est comme de la nuit sur la page, et c'est pourtant là-dedans qu'on voit clair.

*

Je n'y peux rien si, le parchemin magnifique qu'on nous donne à la naissance, certains s'en servent pour envelopper leurs sandwichs ou pour écrire des textes qui dénigrent la vie. Il serait difficile de trouver quelqu'un de moins nihiliste que moi, mais il ne faut jamais oublier d'où vient quelqu'un quand on lui parle : s'il ne faut pas l'assigner à résidence perpétuelle dans son passé, il reste à jamais une teinte de ce qu'il fut à l'origine. À vingt ans, il a fallu que j'accepte d'être sur terre et ça n'a pas été facile. Ainsi, à l'adolescence, j'ai commencé par écrire des poèmes qui n'étaient pas spécialement roses. Je me souviens du tout premier. Il est écrit par quelqu'un qui est dans son cercueil et qui lance des imprécations contre ceux qui viennent à son enterrement ! Ce sont des choses sombres, comme souvent à l'adolescence. J'étais encore dans l'univers de l'enfance, je ne voulais pas le quitter. C'était un état d'agonie. J'ai lu ce poème en classe, sur l'invitation du professeur de français, et je me souviens du silence écrasant que j'ai obtenu avec ce texte. Mais heureusement, cette période noire n'a pas duré. J'ai assez vite compris que le langage n'est rien s'il n'est pas lumière. Dès qu'il y a un rayon de soleil, je m'y précipite : il n'y a que la lumière qui puisse nous être une aide. Ainsi, par l'écriture je suis entièrement en paix, mais cette paix est la paix des bivouacs : elle ne dure pas. Peut-être que le paradis, ce serait d'être tout entier présent, sachant qu'on ne va pas vous tuer, d'avoir le cœur ouvert comme un ciel et que personne ne va y mettre le feu. Le paradis, c'est peut-être d'être sans défense sans se sentir menacé. L'écriture permet ça. La plupart du temps, je vis une vie ordinaire et étrangement menacée. Je suis comme un poisson qui a été rejeté sur le sable. J'attends que l'écriture revienne me chercher : alors je renais pour bientôt remourir. Et puis, soudain, il y a un moment où j'ai comme la révélation de tout, où une feuille de tilleul peut illuminer la journée entière.

⋆

Ce matin, j'ai vu six tourterelles perchées sur le tilleul, et la chance a voulu que cette scène soit découpée par les montants de la fenêtre. Elles étaient comme illuminées de silence. Chacune était sur sa branche avec autour du cou comme un demi-collier noir, à la fois très chic et très sobre. Chacune regardait dans la même direction, était extrêmement paisible et paraissait attendre quelque chose, et cela abolissait la différence entre le jour et la nuit. Elles étaient comme les gens d'un village qui seraient sortis sur le pas de leur porte pour attendre le passage d'un cortège princier. J'étais le septième là-dedans. Nous étions sollicités par la même claire et petite énigme. Nous attendions quelque chose qu'on avait dû nous annoncer, d'à la fois inhabituel et de rare. J'ai senti que l'arbre lui-même était pris dans la même attente. Je n'avais jamais assisté à quelque chose de cet ordre-là. Évidemment, dans le visible, il ne s'est rien passé, aucun cortège n'est arrivé, mais j'en ai éprouvé une paix inimaginable. C'étaient six âmes dans une attente paisible et sûre. C'était une magie invraisemblable, avec, en plus, le petit gravier de la pluie qui tombait. Ensuite le temps est revenu tout doucement. J'avais participé tout calmement à un petit mystère. Des moments comme celui-ci sortent quelque chose de ma vie pour le rendre incorruptible, car ils sont délivrés du temps. C'était presque trop beau à voir. J'étais même intimidé, parce que quand les choses sont aussi belles, tressées à la fois de tension et de paix, je m'en sens indigne. Tout de même, j'ai été admis dans le cercle très privé des tourterelles, et ça, c'est un luxe presque honteux. Ce sont des choses extrêmement simples, mais leur assemblage est génial, comme si on découvrait soudain la musique de Mozart mais qu'on ne connaissait pas encore son nom.

*

Je n'ai jamais pensé que la nature était un spectacle, et qu'on devait se mettre dans un fauteuil de velours rouge pour l'admirer. Ce serait plutôt une expérience puisqu'on est soi-même dedans. Un mur couvert de mousse, c'est comme un grimoire. Je ne sais plus, quand je le regarde, où se trouve le livre et où le lecteur. Au moment le plus accompli, je deviens moi-même une des phrases de ce livre, et j'ai alors le bonheur d'être presque aussi intelligent qu'un feuillage de noisetier ou qu'un rayon de soleil. Presque toujours, il y aura une feuille de chêne ou un tout petit relief de mousse sur un mur, qui va susciter une expérience analogue à celle que j'ai décrite aujourd'hui, mais l'étonnement qui me reste, c'est que, par cette beauté qui est réelle, profonde, on dirait que les eaux de l'invisible entrent sur la terre du visible, jusque dans les yeux et le cœur, et puis ensuite se retirent. Quand on assiste à des événements aussi fins et luxueux que ceux-là, cela amène une petite douleur, car à qui pourra-t-on les dire, qui pourra les entendre ? Ce qui est douloureux, c'est qu'il est impossible d'expliquer quelque chose à quelqu'un qui ne l'a pas déjà compris. On peut seulement parler à quelqu'un qui en a le pressentiment et qui souffre de ne pas avoir de lumières là-dessus. Je pourrais en parler pendant très longtemps, parce que je sais que cela a plus de sens que ce que j'entends aux informations le matin. On ne sort jamais de nos vies par la beauté que par éclairs. On ressent alors une durée qui n'a rien à voir avec le temps, mais tout de suite après on retrouve un monde encore plus opaque. Même cette nature si belle est indifférente : un homme peut être assassiné sur un chemin de campagne magnifique, au milieu d'un parterre de fleurs. Donc, il n'y a d'abri nulle part. Ce qui n'est pas vraiment effrayant. Ce qui est effrayant, c'est de ne pas essayer de méditer cette vie qu'on reçoit et dans laquelle on se trouve tous plus ou moins perdus.

*

J'ai été très tôt sensible à ce qui pourrait nous sauver, alors même que je n'avais qu'une conscience obscure de ce qui pouvait me perdre. Une première aide nous est donnée immédiatement dans cette vie par la beauté de la nature : encore faut-il lui prêter main-forte. Si l'arc-en-ciel qui succède à la pluie est splendide, celui qui naît de notre conscience de sa beauté est incomparable. Quand je travaillais, j'ai connu le vert désastreux, sans âme et sans vibrations, qui sert à recouvrir les tables de conférences. C'est le contraire du vert féerique, enchanteur, des mousses qui se précipitent pour couvrir les murets et la face nord des arbres. Le vert des sous-bois contient une note de bleu, et respire presque autant que la peau d'un animal. La mousse invite les enfants à venir marcher sur elle pieds nus. Elle est au plus loin de ce vert étale, plat, qui recouvre les tables de conférences et qui veut prendre la place de la vie. Il y a aussi un blanc qui me navre : c'est celui des nappes en papier blanc ondulé qu'on met sous les verres des gens qui vont s'ennuyer avec élégance lors d'une réception. Ce blanc très vite taché peut m'amener vers un demi-chagrin rien qu'à le voir, avant même que les gens sérieux commencent à faire leurs discours. À l'inverse rien n'est plus doux et changeant, comme renouvelé à chaque seconde, comme si la vie s'ajoutait à elle-même sans fin, que le blanc de la neige.

★

Le soleil panse les plaies invisibles : j'aimerais faire pareil en écrivant. Le malheur n'a jamais pu effacer au fond de moi la révélation que j'ai eue très tôt de la lumière. J'ai été enfant dans des cours de ferme pour un été : ça, ce sont des moments de la vie d'un prince. Tout est mélangé dans un creuset solaire : la paille, le caquètement des poules, les épis de blé qui se détachent en grains et qui grattent. Il n'y a plus de paradis sur cette terre, car l'argent des industries est entré dans les campagnes, mais c'est un souvenir paradisiaque qui a contribué à affermir ma foi dans le vivant. Malheureusement, enfant, il m'a manqué la présence d'un adulte qui aurait nommé les choses en se promenant avec moi. Ce n'est pas à mon avantage : ce n'est qu'à cinquante ans que j'ai eu le bonheur de pouvoir mettre le mot « hêtre » sur un arbre. L'autre jour, j'ai vu un oiseau magnifique dont j'ignorais le nom. J'ai *vu* ce manque : il était aussi grand que la beauté que je voyais. C'est attristant d'ignorer le nom de ce qu'on aime. C'est un rien de mélancolie pure. Quand on le connaît, le nom vient se poser délicatement dans notre esprit comme un oiseau sur notre main. Nommer ce qu'on aime, c'est l'aimer encore mieux, c'est un surcroît d'amour, et c'est ce que j'essaie d'apprendre aujourd'hui. Mais cela ne me suffit pas : je rêve de nommer la rose avec la langue qui est la sienne, et pas seulement avec les mots courants.

*

Je ne vais voir la nature que par intermittence, parce que c'est trop beau. C'est comme si je restais trop longtemps devant un coffre plein de pièces d'or et de pierreries : je deviendrais aveugle. Alors, j'emporte seulement deux ou trois pierres précieuses. Dans la campagne, je peux recevoir la même lettre de soleil qu'un petit bosquet d'arbres, et c'est déjà presque trop. Les platanes sont des gens admirables, et la bienveillance de leurs feuilles lie un commerce avec les enfants des écoles. Les fraises des bois ont une lueur terrible, ce sont de toutes petites particules de braise. Quand on se trouve pris dans une magie comme celle-là, on peut être étouffé. À un enchantement il faut un contre-enchantement, et rien n'est plus réconfortant alors que de pointer son doigt sur ce qu'on a vu de beau pour le montrer à quelqu'un d'autre. La beauté surgit si brutalement qu'on peut en être écrasé. Un champignon peut déléguer un parfum pour m'attirer, comme un enfant qui viendrait me tirer par la manche. Quelque chose s'approche de nous jusqu'à ce qu'on l'entende. Ainsi, les tourterelles ont dû se mettre à plusieurs pour arriver à me faire lever la tête et, si elles portaient toutes le même collier noir, elles étaient beaucoup plus belles que l'*Olympia* de Manet.

⋆

La confiance, c'est la bonté des autres qui me la donne, ainsi que la beauté de la nature.

Il y a des malheurs terribles, mais également des joies célestes sur cette terre. La nature a aussi autre chose qui est aimable : c'est qu'elle est plus forte que nos calculs et nos études. Il y a un petit étang pas loin d'ici, caché dans un bois et en partie masqué par des roseaux et bordé par un chemin exquis tout velouté de mousse. Il m'est arrivé de m'y rendre avec la provision d'un livre. C'est très délicat d'interrompre la lecture de quelqu'un qui aime lire. Eh bien, je ne connais pas de livre qui puisse résister longtemps au plein air : il y a un moment où le ciel, ou la verdure, le clapotis de l'eau ou simplement le silence vont me prendre le livre des mains, si beau soit-il. Quand on prend un livre, au départ il est fermé. Il ne peut pas nous ensorceler malgré nous. Mais dans la nature, la grâce d'un chemin ou d'un insecte vient à nous. La nature est un livre qui est ouvert en permanence, et c'est le vent qui en tourne les pages. Peut-être que la nuit n'est que le moment où les mots s'effacent, le passage d'une page à l'autre. Devant la délicatesse d'un papillon ou d'un oiseau, je me sens pris en défaut, comme un analphabète qui se trouverait dans une immense bibliothèque. Marcher dans la nature, c'est comme se trouver dans une immense bibliothèque où chaque livre ne contiendrait que des phrases essentielles. On est alors dans la formule de saint Jean, qui dit que, si on écrivait une à une toutes les choses que Jésus a faites, le monde ne pourrait pas contenir les livres qu'on écrirait.

La joie sans cause

On me reproche parfois de peindre la vie en rose. Quelle est cette balance qui pèse avec un sourcil charbonneux la plus petite poussière de lumière et qui examine à la loupe la plus petite espérance ? Je veux bien qu'on mesure, mais qu'on le fasse alors avec une balance exacte : qu'on mesure aussi, dans ce cas, la poussière du doute. Je ne peux m'empêcher de voir dans ce genre de reproche un symptôme de notre époque nihiliste et du misérable credo du progrès. D'ailleurs, les scientifiques me font rire : ils vont déréaliser le fauteuil sur lequel je suis assis, jusqu'à le réduire à un assemblage d'atomes, mais si on se risque à leur parler de l'invisible, ils vous perçoivent comme un barbare. Ils veulent bien qu'il y ait un mystère par en dessous, mais pas par au-dessus. C'est un mauvais procès que de dire que certains auraient fait l'économie du doute, de la douleur, de l'horreur, car au nom de quoi peut-on affirmer une telle chose ? Un don spirituel ou artistique paraît d'abord injuste, mais il est immédiatement payé par une perte. C'est comme si, à la naissance, Dieu donnait à certains une main en or, mais dans le même temps où il les dote d'une main en or, il leur enlève un pied. Ça se paye comptant. C'est comme si Dieu disait : « Tu auras beaucoup de ceci mais pas beaucoup de cela. » C'est comme une sorte de justice invisible et c'est tant mieux. Ce serait un dieu meurtrier que celui qui élirait quelques-uns pour les mettre dans une protection totale jusqu'à leur mort. Si certains naissaient coiffés, mais coiffés par les anges, comme si le réel allait passer sous leurs yeux comme une toile peinte, sans doutes, sans souffrances, ce serait intolérable. La vie est difficile et éprouvante même pour la plus grande brute. Même pour un milliardaire la vie est déchirée, pleine d'angoisse et d'attente, avec à la fin le mur noirci de salpêtre de la mort, alors pourquoi les seules vies faciles seraient-elles celles de ceux qui cherchent le ciel ?

*

Il est presque impossible de se faire un manteau de lumière et d'amour dans cette vie, et le manteau impeccable des saints, il est certain qu'ils ont dû le payer horriblement cher, parce qu'il n'y a que l'âme qui puisse les vêtir, et l'âme, c'est hors de prix. Ce sont leurs yeux purs et doux qui les habillent, comme si toute la soie du monde en sortait. Leur manteau leur a coûté un prix inimaginable. S'ils en parlent peu, c'est par une sorte de courtoisie très profonde, pour ne pas peser sur les autres. Si la lumière est si peu recherchée, c'est parce que chacun de nous sait que le moindre don est hors de prix. C'est pour cela qu'on ne se bouscule pas sur l'échelle qui monte jusqu'aux étoiles. Si c'était facile, on verrait se multiplier les candidats. Or c'est presque un malheur que d'avoir certains dons, et les saints qui aujourd'hui ne brillent plus que dans les images d'Épinal, je pense que la lumière d'hermine qui les enveloppe des épaules aux pieds a un revers de souffrance très noir. On devrait se réjouir de l'existence des saints au lieu de la soupçonner, même si on sait que l'Église en a quelquefois fabriqué. Le doute est respectable et toujours désirable, mais parfois la pensée ne sait plus quoi dire parce qu'elle est en face de plus grand qu'elle. Ce serait insulter leur grandeur héroïque que de ne pas faire confiance aux paroles saintes.

*

J'ai toujours considéré qu'un écrivain avait plutôt des devoirs que des droits, et un de ces devoirs est d'aider à vivre. Si j'ai mis de la lumière dans mes livres, c'est aussi pour ne pas assombrir l'autre, par courtoisie envers celui qui me lit. Il m'a toujours semblé qu'il existait assez d'écrivains qui se font une spécialité d'assombrir et de dénigrer la vie. Les poètes et les artistes se donnent souvent une sorte de droit de grossièreté. Sous prétexte qu'ils ont du talent, ils croient avoir tous les droits. J'ai en horreur ce genre d'attitude. J'ai sans doute parfois tiré trop du côté de la joie, car il ne faut pas escamoter la souffrance, mais je reste persuadé qu'il vaut mieux ça que le contraire. Le cœur est un travailleur solaire. Le courage n'est pas de peindre cette vie comme un enfer puisqu'elle en est si souvent un : c'est de la voir telle et de maintenir malgré tout l'espoir du paradis. C'est ce qui déconcerte Philippe Jaccottet dans les livres d'André Dhôtel : que la mort n'y soit qu'une disparition furtive. Moi, je crois que Dhôtel avait vu le côté terrible de la vie (comment l'eût-il ignoré ?), mais il a vu aussi dans cette vie une lumière merveilleuse qui l'emportait sur le malheur. Quelqu'un lui ayant demandé un jour ce qu'il pensait de l'enfer, il a répondu avec beaucoup de bon sens : « Je ne l'aime pas. » Aujourd'hui, de très nombreux écrivains prétendent aimer l'enfer, ce qui montre seulement qu'ils ne le connaissent pas. La haine de Proust pour le soleil, ou celle de Sartre pour les arbres, me paraît très révélatrice de cette société malade. On fait du malheur une chose littéraire qui est très bien portée. C'est particulièrement vrai de ces auteurs qui étalent le mal sous prétexte de le dénoncer. Certaines œuvres soi-disant rebelles ne font qu'ajouter au chaos du monde et elles n'aident personne. La preuve, c'est que leurs auteurs n'ont pas payé. On ne peut pas parler du feu de l'enfer dans les salons parisiens. Rimbaud a payé, lui. Ces éboueurs de la littérature qui remuent la fange n'ont de damné que le fait qu'ils suivent la mode. Évidemment, je ne me tiens pas pour modèle. Je me sens fait en dentelle et en plomb. Il y a en moi le monde et le ciel. La masse à dissoudre est énorme.

*

Les bébés sont mes maîtres à penser, or ils ne sont jamais tristes. Personnellement, je ne suis pas loin de croire que la mélancolie est le péché majeur. C'est pour moi un interdit presque aussi fort que ce que l'Église mettait sous le sceau du péché : l'acédie, l'abomination de la désolation. Le mot de tristesse, c'est comme un flacon de parfum très coûteux, hors de prix : pendant longtemps je ne m'en approchais même pas : j'avais trop peur qu'il se casse et que le parfum imprègne toute ma vie. Mais maintenant je n'ai plus cette crainte. Quand j'ai commencé mon dernier livre, j'ai pensé : « Ça va faire un livre extrêmement triste, ça va déprimer les gens. » Et ça m'a fait sourire, parce que je sais ce qu'on attend de moi. Mais si je m'approche aujourd'hui de la nuit, c'est pour faire valoir encore davantage la lumière. Mes premiers livres disaient l'ombre et la lumière ensemble, mais dans *La plus que vive*, qui relate la mort d'un être cher, la mort est rendue irréelle. La souffrance chez moi a longtemps écrit rose : j'ai détourné le réel vers le rose, je me suis mis en apesanteur, afin de moins souffrir. C'est comme si j'avais enjambé ma douleur en fermant les yeux pour ne pas la voir, et cela a dû permettre aux lecteurs de faire pareil et de traverser l'impensable. En réalité, quand j'ai assisté à cet enterrement, j'ai vécu une expérience presque insoutenable : à la sortie de l'église, il y avait une cloche qui sonnait. Je ne savais pas qu'on pouvait faire aussi mal à l'air. Comme si la cloche, par une sorte d'expérience scientifique, avait enlevé l'air jusqu'à l'asphyxie. Aujourd'hui, je ne veux plus me soustraire à la douleur. Je veux écrire et lire des livres qui accompagnent vraiment dans ces moments-là, sans escamoter la souffrance, des livres qui ne me trahissent pas et qui ne risquent pas de recouvrir le bruit du glas.

⋆

Je ne connais pas d'apôtres du néant sinon par imposture. Ce qu'on veut nous faire croire aujourd'hui, ce que clame cette littérature de la nuit, c'est que la vérité est toujours plus du côté du mal que du bien. Une croyance comme celle-là signale la disparition d'une personne. C'est une disparition bien plus profonde que la mort. Celui qui pense que la vérité est du côté du mal s'assoit très profondément dans le fauteuil de l'air du temps, et il n'est pas près d'en sortir. C'est pire qu'un lieu commun. Celui qui s'y assied, on ne le revoit plus : il peut parader, briller, avoir du succès, mais lui, on ne le revoit plus jamais. Il cesse immédiatement d'être une personne. Si j'ai fait une erreur, ce n'est donc pas d'avoir trop parlé de l'amour, c'est d'en avoir parlé de façon trop imprécise. Car je crois que l'intelligence cherche toujours quelque chose à aimer, le but étant de devenir à soi-même comme le ciel étoilé. La vie est une fête de sa propre disparition : la neige, c'est comme des milliers de mots d'amour qu'on reçoit et qui vont fondre, les roses sont comme des petites paroles brûlantes qui vont s'éteindre, et celui qui arrive à les déchiffrer doit être d'une précision hallucinante s'il veut être cru, s'il veut parvenir à faire voir à d'autres ce qu'il a vu.

*

Dans mes premiers livres, mon écriture est comme un trou noir où les étoiles sont aspirées avec leur propre lumière. Cela correspond à un sentiment d'angoisse : plus il y a d'angoisse plus il y a d'images. Tout ce noir tourne autour de quelque chose de secret, scintillant comme un trésor d'enfant. Or un trésor d'enfant, c'est presque toujours un chagrin. C'est cette tristesse que j'essayais d'éviter à tout prix, il y avait donc une lutte. Je n'aime pas Baudelaire, parce que sa grandeur esthétique n'a jamais nourri personne et que je n'ai jamais trouvé une seule miette à manger sur sa table, mais surtout parce qu'il est le chef de file de ceux qui ruminent le malheur et qui sont devenus si nombreux aujourd'hui. Il est à mes yeux l'exemple même de ces écrivains qui égarent parce que leurs erreurs sont mêlées à une beauté et à un don incontestables.

*

L'œuvre de Cioran est précieuse, mais elle est souvent incomprise. Cioran est quelqu'un qui par un côté serait le meilleur des amis, parce qu'il traque d'une manière quasiment maniaque toute chimère, toute illusion. Croyant parfois parler contre toute espérance, il libère en réalité le champ de l'espérance réelle parce qu'il en a chassé toutes les ivresses faciles. Un vrai livre, c'est toujours quelqu'un qui entre dans notre solitude. Cioran est un bienfaiteur, non pas, comme le disent ses faux disciples, parce qu'il désenchante le monde, mais parce qu'il ne laisse aucun faux enchantement. C'est quelqu'un qui nettoie le désert. Avec un petit balai, il enlève tous les déchets des consolations faciles, et c'est pour moi après ce travail que commence la parole vraie. Il fait le travail de l'hiver : il enlève enfin les branches mortes : cela s'appelle préparer le printemps. Et puis il a cette grâce qui est l'humour et qui manque fâcheusement à la plupart des philosophes. C'est comme de préparer un voyage singulier que de le lire. Au lieu de remplir notre valise il la vide. Il ouvre la valise et il dit : « Ça c'est inutile, ça c'est encombrant, ça je n'en ai pas besoin. » À la fin la valise est vide et le voyage peut commencer vraiment. Il y a un signe qui ne trompe pas et qui montre qu'il n'était pas un nihiliste, c'est le fait qu'il adorait se promener dans la campagne. Quand on voit son visage, on voit une chouette malheureuse et maltraitée, que des propriétaires ont sortie de force du grenier et traînée dans la lumière, quelqu'un qui est condamné à voir. Si je dis ça, c'est aussi parce que je sais qu'il a fait l'épreuve pour lui fondatrice de l'insomnie. Si on veut parler à tout prix de désenchantement à son propos, il faut parler de désenchantement salubre. Il n'y a rien de moins nihiliste que cette volonté de voir ce qui est. Le contraire, c'est Beckett. Lui, c'est le néant planté en plein milieu de la pièce. Avec Beckett le rideau est tiré dès le premier mot et tout le monde est plongé dans le noir. Dans un de ses livres il décrit avec délectation une jacinthe pourrissante, ce qui est à mes yeux un acte nihiliste. En effet, il y a quelque chose de divin dans les fleurs. J'ai mis quelques roses de jardin sur la table de la cuisine : on pourrait construire un couvent autour d'elles, tellement elles sont belles, et même oublier la croix.

*

Je voudrais alléger cette vie, mais par le vrai et non par le faux. Le cœur brûlant et muet peut engloutir toutes les métaphysiques, tous les livres révélés. L'amour embrasse toutes les saisons du temps et les rassemble. En une seule seconde, il fait une gerbe de tout l'or de l'autre. On n'a qu'une vie, et on l'écrit en la vivant. Les ratures sont nos blessures, mais tout est gardé. Peut-être qu'en mourant on emporte notre manuscrit avec nous, avec ses obscénités ou ses splendeurs, ses fautes d'orthographe et sa calligraphie incertaine. Quand c'est très bien écrit, alors hosanna ! Parfois même les ratures sont belles comme des enluminures. Certaines souffrances sont belles comme des œuvres d'art. L'idéal serait de vivre comme Bach écrivait ses partitions.

*

Dans les soubassements de la Bible, qui sont comme les fondements du cœur humain, on a une personne et on a un désert. Cette personne s'arrache à tous liens connus, et dans le désert elle lance sa voix vers quelqu'un de bien plus grand qu'elle, et en la lançant elle la trouve. Ces prophètes lançaient leur voix depuis leur cœur jusqu'au ciel où on ne voit rien. C'est une folie de s'arracher aux siens pour parler à quelqu'un dont on ne voit pas le visage, et c'est pourtant ce que fait aussi toute personne qui écrit vraiment. Cette quête désespérée d'un interlocuteur, pour que vienne enfin ce qui est plus beau que le monde, c'est ce qui rend Rimbaud si grand. Son œuvre est capitale aussi parce que le Christ y côtoie Mahomet. Ainsi, on a tort de ne voir dans son goût prononcé pour l'islam qu'un désir de liberté et une passion exotique. Ses textes ont quelque chose du buisson ardent. « Je veux la liberté dans le salut » : il faudrait convoquer des dizaines de vieux théologiens aux visages tannés comme le cuir de leurs livres pour tenter d'expliquer cette phrase. Parce que aujourd'hui on a la liberté sans le salut. Or peut-être n'y a-t-il de liberté que dans le salut, quel que soit le sens qu'on veut bien donner à ce mot. L'écriture est toujours une adresse. Pendant très longtemps, elle a été adressée à Dieu. Maintenant, elle s'adresse au sexe. C'est peut-être simplement parce que nos têtes se sont courbées : elles se sont assez drôlement et assez fâcheusement courbées vers le bas, c'est-à-dire vers *ça*. En écrivant là-dessus, on croit se rapprocher de la vie, mais en fait on s'en éloigne tragiquement. Dans la société occidentale, tous les chemins nous sont donnés pour nous perdre. Le seul qui nous soit enlevé est le vrai chemin. La véritable écriture, c'est quand on est attendri par quelqu'un : le ciel qui est en nous cherche les petits morceaux de ciel qui sont en exil sur cette terre. Cet exil est terrible, c'est pourquoi le ciel qui est en nous ne se trompe jamais dans ses choix.

*

Dans le lieu où j'habite, on doit être à cinquante mètres à vol d'oiseau de l'endroit où je suis né. J'ai dû faire cinquante mètres en cinquante ans : c'est dire si j'ai le goût des voyages. Je suis né en Bourgogne et j'y vis, mais cependant mon pays n'est pas cette terre. Mon pays est minuscule : il fait vingt et un centimètres de large sur vingt-neuf centimètres de long. Ma région c'est la page blanche et elle seule. C'est un beau pays couvert de neige toute l'année et parfois traversé de pluies d'encre. On ne va nulle part plus loin que par l'écriture et avec elle je quitte sans arrêt Le Creusot. Je vis dans cette ville, mais je crois que je pourrais vivre n'importe où. Les papillons qui se posent sur une herbe sont dans une immobilité absolue. Leurs ailes sont repliées au point de n'en plus former qu'une seule. On croirait qu'ils sont morts. Mais si on avance la main vers eux, ils reprennent leur vitesse lumineuse. Moi, mes ailes sont repliées par la pensée, mais dès que la lumière me touche je suis remis en mouvement.

⋆

Si je ne voyage pas, c'est d'abord parce que je ne veux pas être un touriste. C'est peut-être aussi parce que l'extérieur m'a toujours fait trop d'effet, que je sors rarement de chez moi. Dans les villes je me sens agressé et malheureux, en pleine nature j'ai le cœur qui éclate et je suis saisi par une incompréhension délicieuse mais presque insupportable. J'ai la chance d'avoir ma fenêtre qui donne juste sur deux arbres. Hier matin, je suis tombé en extase devant le tilleul : c'est tout juste si je n'entendais pas les bourgeons téter la lumière ! Et ce matin, j'ai vu un couple parfait : deux tourterelles sur une branche, à cinq centimètres l'une de l'autre. Elles étaient grises et se livraient à un travail merveilleux : elles se nettoyaient alternativement la nuque et le cou. L'une était immobile tandis que l'autre lui donnait de tout petits coups de bec qui plongeaient dans son plumage sans atteindre la chair. Le service passait de l'une à l'autre. C'était entre une embrassade et un épouillage. C'était magnifique à voir. Je serais resté indéfiniment à les regarder. Puis, elles se sont envolées, en suivant dans l'air des chemins frémissants comme des petits ruisseaux.

⋆

Le réel me fait rêver, le rêve en plein jour. J'aime retrouver cette lumière surnaturelle du réel dans une peinture. Pour les gens c'est pareil : j'aime les gens qui ont vu quelque chose. C'est pourquoi, moi qui ne suis pas très porté sur l'art, j'aime la peinture de Pieter De Hooch. Il y a dans ses tableaux une lumière sainte, c'est-à-dire naturelle et familière. Il y a un tableau dans lequel il y a un buffet noir, massif, sculpté, à faire périr d'ennui toute une troupe d'enfants. Derrière la porte, il y a le miracle, c'est-à-dire le plein jour et cette lumière, pas plus grosse que mon petit doigt, qui donne à travers une fenêtre. Je suis bouleversé : je retrouve là cette certitude d'un salut, d'une issue. Quant au carrelage, on dirait qu'il vient d'être lavé à la seconde. L'enfant fait face à la lumière aveuglante. C'est tellement beau que je suis dedans. En arrière-plan, il y a toujours une porte ouverte. On voit ces enfilades de corridors et de portes qui me plaisent tant. C'est beau un corridor qui donne sur un autre corridor : c'est comme des ricochets dans le visible. Ma pensée est construite comme ça, avec des vues en oblique.

*

Le Creusot est une sorte d'étoile noire sur la carte de l'imaginaire des gens. J'entends encore le rire avare d'un journaliste : « Comment peut-on écrire des choses comme ça dans une ville aussi ordinaire, couverte de suie et de cendre ? » Mais les gens ne savent pas voir. Je voudrais bien connaître le malin qui me dira ce qui est plus beau que le quotidien. Je n'ai pas besoin de paysages grandioses pour louer la grandeur de Dieu, parce que je crois qu'elle est dans les choses humbles. Je me promène assez peu, mais à chaque fois je suis conquis, charmé, par une vision lapidaire. Je trouve toujours une mauvaise herbe qui est parvenue à disjoindre les pavés et qui m'émerveille et nourrit ma pensée. Mes yeux vont dehors pour nourrir ma vision, mais ma pensée reste à la maison, elle sort seulement dans les livres. Ce sont mes yeux qui lui ramènent de quoi se nourrir. Elle se nourrit de peu de choses : d'un peu de mousse sur un muret, de fissures entre les pavés. La caractéristique commune de ces éclats d'or gris qui me réjouissent, c'est la pauvreté et c'est la vie même. Je sens une amitié profonde qui me vient d'une ruelle mal éclairée, d'une façade de maison sans éclat, comme un pré où s'ébattrait tout un collège de pâquerettes, comme si on se saluait les uns les autres. Imaginez un petit jardin où on planterait des fleurs vivaces, des fleurs qui n'auraient pas la gorge couverte de diamants. Il n'y a rien de plus beau que quelqu'un qui a laissé tomber le devoir mondain d'être brillant ou de plaire. C'est la raison pour laquelle j'aime le Nord. Les régions nordiques vont très bien à l'enfant lecteur. Rien ne s'associe mieux avec un enfant reclus dans ses lectures qu'une lumière jaune et un ciel bas. C'est l'équivalent dans le ciel de ce qui me fascine dans les arrière-plans et les enfilades de rues. C'est la vie dans ce qu'elle a de plus aimable, comme une petite paysanne qui ne se maquille pas et dont la beauté est intuable. La beauté des bourgeoises peut flétrir, mais l'autre est invincible. C'est aussi une image du cœur qui bat tellement vite qu'il lui vient inévitablement une grande douceur. Il y a des endroits dans le monde dont la simple vue nous décolle l'âme tellement c'est triste : ce sont les endroits où l'argent a tué l'âme. Le Creusot n'est pas comme ça.

⋆

Entre dix et quinze ans, je refuse presque toujours d'accompagner mes parents en promenade le dimanche, pour pouvoir lire ou écouter Chopin, et cet intérêt vient de moi. C'est une musique d'un merveilleux désespérant : elle arrive à faire sortir de la lumière de quelque chose de serré et de noir. La couleur de cette musique m'a teinté le sang. D'abord, ce sont les *Polonaises.* J'aimais les attaques de cette musique qui me donnaient sur-le-champ un plaisir aussi violent que de voir et entendre un sac de billes éclater par terre et débouler l'escalier. Chopin, c'est le chagrin transmué et c'est aussi l'automne, c'est le rire continu d'un petit enfant à côté de la chambre d'un malade. Puis il y a eu le *Requiem* de Fauré. Ce qui se passe ici ou là dans la chambre d'un mourant est plus proche du *Requiem* de Fauré que de celui de Mozart. J'aime de plus en plus cette musique, parce que j'attache de plus en plus de prix à l'inouï de la vie, et que je mesure l'énormité de la perte des vivants. Dans cette musique, la mort vient comme une main qui caresse un visage mourant. Sa douceur entre dans le cœur avec la précision d'une lame. Le malheur est un dessinateur qui souligne tout avec un gros crayon gras. La joie dessine avec une plume imperceptible, mais le malheur a la main potelée d'un enfant arc-bouté sur un gros crayon noir. Et puis il y a Bach. Bach, c'est une rose. La structure des roses est toujours la même, et pourtant je n'imagine pas qu'on puisse un jour s'en lasser. La musique de Bach tourne sans arrêt autour de quelque chose de très grand comme le petit enfant tourne autour des jupes de sa mère. Elle tourne autour d'un centre qu'on n'atteindra jamais. Bach est si grand qu'il est presque hors de l'humanité et pourtant il est le plus consolant. Sa musique nous apaise et nous aide comme aucune autre. Bach, c'est le sommet de l'attention qu'on peut porter aux choses, c'est une musique attentive à tout.

*

L'écriture est depuis toujours pour moi un chemin et une réparation. J'ai l'impression en écrivant de restaurer quelque chose. La vie de mon grand-père paternel avait été volée par le travail, celle de ma grand-mère maternelle par la maladie. Elle fut en effet enfermée très jeune à l'hôpital psychiatrique pour paranoïa. Bien avant mes parents, quelqu'un avait donc commencé un chemin qui n'avait pas pu se poursuivre à cause du mensonge du monde. C'est ce chemin-là que je voudrais rouvrir. Adolescent, quand j'écrivais, la photographie du visage de ma grand-mère était devant moi, sur ma table de travail. La première plaquette, *Le feu des chambres*, a été imprimée à l'atelier d'imprimerie de l'hôpital de Dijon où était ma grand-mère. L'écriture, ce sont des filiations comme ça. Les gens nous dictent quelque chose. Quelqu'un, dans les générations précédentes, m'a mis la main à la plume. Est-ce qu'on peut consoler un mort ? Moi je crois que oui. Par l'écriture, entre autres. Il n'est peut-être jamais trop tard pour consoler quelqu'un.

*

Aimer quelqu'un, c'est le lire. C'est savoir lire toutes les phrases qui sont dans le cœur de l'autre, et en lisant le délivrer. C'est déplier son cœur comme un parchemin et le lire à haute voix, comme si chacun était à lui-même un livre écrit dans une langue étrangère. Il y a plus de texte écrit sur un visage que dans un volume de la Pléiade et, quand je regarde un visage, j'essaie de tout lire, même les notes en bas de page. Je pénètre dans les visages comme on s'enfonce dans un brouillard, jusqu'à ce que le paysage s'éclaire dans ses moindres détails. Nos propres actes nous restent indéchiffrables. C'est peut-être pourquoi les enfants aiment tant qu'on leur raconte sans fin tel épisode de leur enfance. Lire ainsi l'autre, c'est favoriser sa respiration, c'est-à-dire le faire exister. Peut-être que les fous sont des gens que personne n'a jamais lus, rendus furieux de contenir des phrases qu'aucun regard n'a jamais parcourues. Ils sont comme des livres fermés. Une mère lit dans les yeux de son enfant avant même qu'il sache s'exprimer. Il suffit d'avoir été regardé par un nouveau-né pour savoir que le petit d'homme sait tout de suite lire. Il est même comme les grands lecteurs : il dévore le visage de l'autre. On lit en quelqu'un comme dans un livre, et ce livre s'éclaire d'être lu et vient nous éclairer en retour, comme ce que fait pour un lecteur une très belle page d'un livre rare. Quand un livre n'est pas lu, c'est comme s'il n'avait jamais existé. Ce qui peut se passer de plus terrible entre deux personnes qui s'aiment, c'est que l'une des deux pense qu'elle a tout lu de l'autre et s'éloigne, d'autant qu'en lisant on écrit, mais d'une manière très mystérieuse, et que le cœur de l'autre est un livre qui s'écrit au fur et à mesure et dont les phrases peuvent s'enrichir avec le temps. Le cœur n'est achevé et fait que quand il est fracturé par la mort. Jusqu'au dernier moment le contenu du livre peut être changé. On n'a pas la pleine lecture de ce qu'on lit tant que l'autre est vivant. Dieu serait le seul lecteur parfait, celui qui donne à cette lecture tout son sens. Mais la plupart du temps, la lecture de l'autre reste très superficielle et on ne se parle pas vraiment. Peut-être que chacun de nous est comme une maison avec beaucoup de fenêtres. On peut appeler de l'extérieur et une fenêtre ou deux vont s'éclairer mais pas toutes. Et parfois, exceptionnellement, on va frapper partout et ça va s'éclairer partout, mais ça, c'est extrêmement rare. Quand la vérité éclaire partout, c'est l'amour.

La sainte culture

J'ai commencé par lire des contes et j'en ai été émerveillé. J'ai un œil qui aime les couleurs des visages des jeux de tarots. J'en veux à une partie de la littérature de brouiller la parfaite lumière des contes qui contiennent tout. Beaucoup d'écrivains jouent avec des cartes truquées, biseautées. On peut se tromper dans cette vie sur les compagnonnages, et d'ailleurs on se trompe beaucoup. Mais le terrible, c'est quand ces erreurs inévitables entrent en réaction avec la passion désordonnée de la littérature : à ce moment-là, les erreurs qu'on faisait dans la vie risquent de se durcir et de devenir indépassables. J'en veux aujourd'hui à une grande part de la littérature comme on peut en vouloir à de mauvais maîtres ou à quelqu'un qui abuserait de la naïveté d'enfants. Adolescent, j'ai cherché la lumière. J'étais perdu dans la forêt des livres. Mais je suis tombé sur une littérature qui m'a égaré davantage : quand on est jeune, celle-ci vient renforcer l'éloge de la passion et l'erreur commence. Dans l'amour, bien souvent, on est dans le temple noir de l'idolâtrie.

*

La littérature que j'aime est faite par des braconniers qui traquent le réel et rabattent le gibier merveilleux jusque sur le lecteur. À nos pieds de lecteurs s'envole soudain une perdrix ou un oiseau encore plus rare. L'autre littérature est faite par des gens qui, par des moyens plus ou moins violents, rabattent les lecteurs sur leur personne à eux. Quand ça marche, l'auteur devient sa propre statue. Or on ne nous donne pas les moyens de distinguer entre ces deux littératures. Il y a des maladies culturelles et cette indifférenciation en est une, mais elle est si répandue qu'elle fait figure de santé. La *Recherche du temps perdu,* c'est splendide et inutile, et je m'y suis égaré un temps avec délectation. Le contraire de ce livre, c'est *L'idiot,* de Dostoïevski. Je n'ai jamais rencontré d'adorateurs de Dostoïevski, mais des gens qui avaient été brûlés par cette lecture. Il parle des âmes comme de l'enjeu d'une bataille quand Proust parle du moi. Proust est un esthète et Dostoïevski un vivant. C'est un éclat pur de vie, comme une étincelle qui saute du feu. Cette vie pure du feu délègue une étincelle qui saute dans le livre.

Alors celui-ci n'est plus qu'un instrument très pur au service du vivant. Quant à l'esthète, il faudrait imaginer un menuisier qui proposerait ses propres instruments de travail, rabot, scie, etc., à l'admiration du lecteur, au lieu de ses meubles, ce qui serait imbécile. Mais un véritable lecteur mourrait de faim chez Proust. L'étrange, c'est que j'aie pu passer d'une lecture à l'autre sans m'apercevoir de cette différence capitale. J'ai lu *L'idiot* à dix-sept ans et la *Recherche du temps perdu* à trente ans. J'ai donc vu la vérité avant de la perdre ensuite. C'est une expérience plus fréquente qu'on ne croit : on trouve de l'or, et on l'échange contre de la pacotille. J'ai goûté de tout et je n'ai plus été capable de goûter, car j'avais trop lu. Un auteur en amenait un autre et le chassait. Je finissais par trouver tout bien, surtout ce qui était rendu intouchable par le sacre du temps. Une clarté forte est passée avec Dostoïevski, mais je l'ai enterrée sous l'ombre d'une multitude d'autres livres, dont la *Recherche du temps perdu.* Maintenant, je n'ai plus envie d'avoir cette indulgence paresseuse qui consiste à mettre n'importe quel auteur à côté de n'importe quel autre : on ne peut pas aimer de la même façon ceux qui éveillent et ceux qui égarent. Il devrait être impossible de parler avec la même voix de Dostoïevski et de Proust, pour ne parler que de ces deux géants de la littérature.

★

Le pire, c'est de mettre des paroles vraies à côté de paroles fausses, c'est cette ingestion morne des livres, de tous les livres à la fois et quels qu'ils soient. J'ai connu ça. J'ai pu passer d'une conversation très secrète avec Thérèse d'Ávila aux tarabiscotages de Proust. La vérité se trouve alors mêlée à toutes sortes de poisons et on n'y comprend plus rien. Proust a réussi ce tour de force de planter de l'aubépine blanche en plein milieu de l'enfer, et c'est insupportable, parce que cela égare encore davantage de voir ainsi mélangé le plus clair de cette vie avec le plus trouble. La phrase de Proust se croit plus belle que l'aubépine qu'elle décrit, c'est là sa faille. Je ne remets pas en question le génie de Proust, je dis simplement qu'il y a de mauvais génies. D'ailleurs, contrairement à l'opinion admise, le génie en soi n'est pas une panacée, s'il sert une mauvaise cause. Il y a une grandeur du diabolique, un génie du mal. Ainsi, certains livres sont presque inattaquables : à vingt ans, j'ai lu *Voyage au bout de la nuit*. Ça m'a un peu épaté, je mentirais si je disais le contraire, mais il y avait là-dedans quelque chose qui me gênait, c'était le sombre. Or je connaissais quelqu'un pour qui Céline était un dieu. Pour lui dire ma pensée sans trop le blesser, j'ai cherché ce que je pouvais sauver de ce livre et je n'ai trouvé que ceci : c'est un tout petit épisode qui parle d'un homme qui est une crapule, et qui met pourtant tout son argent de côté pour l'envoyer à une petite fille en métropole. C'était un don sans contrepartie. J'ai dit à cet admirateur de Céline : « Voilà, moi je garde ça de ce livre. » Il a eu une remarque pour me dire que j'en faisais une lecture hallucinée, qui m'a blessé par ce mélange de vouloir instruire et mépriser à la fois qui est si fréquent chez les intellectuels : on parle à quelqu'un qui est à un mètre de soi et on est envoyé à des années-lumière.

*

Après les contes, le premier livre qui m'a vraiment impressionné, c'est *L'histoire de Hans Brinker, le petit héros de Haarlem.* Un barrage est édifié au-dessus d'un village, retenant des tonnes d'eau noire et de mort. Le petit Hans se promène au pied du barrage. Il aperçoit soudain une toute petite faille avec quelques gouttes d'eau qui suintent. Il plaque sa menotte contre la fissure, et grâce à cela il va sauver tout le village. Au bout d'une nuit de veille, il est retrouvé par hasard. S'il n'avait pas été là le village entier serait mort. Il n'avait que la pression de sa petite main pour éviter que tout meure. C'est entré dans mon esprit avec une force irrésistible et enfantine qui est entrée à son tour dans mon écriture : empêcher l'irrépressible. Le petit Hans doit lutter parce que la pression est grandissante, et, à la fin, l'enfant est presque arcbouté contre la pierre. J'ai peut-être passé un temps très long à contenir quelque chose de dangereux et de mortifère, à la fois du monde et de moi. Car cette lutte est à la fois extérieure et intérieure : il faut lutter à la fois contre les mauvaises forces du monde et contre les forces psychiques nuisibles. C'est une guerre double. Peut-être que le véritable enjeu des guerres ce sont les cœurs. On dirait que le monde se bat pour qu'il n'y ait plus aucun cœur. C'est peut-être ce que j'ai voulu faire par l'écriture : sauver une noisette, un sourire, une feuille d'arbre. En fait, sauver le monde.

*

La bonté, c'est simple : par définition on n'en a pas. Elle n'a pas de place dans le monde. Donc quand elle est là c'est toujours un miracle. Elle fait éclater toutes les pensées mièvres, convenues, sur elle. Elle vient aussi fracasser l'imposture de la sainte culture imposée par notre saint patron Marcel Proust. L'intelligence qu'elle nous donne nous baigne, nous tombe dessus comme une averse printanière mais rude. Cela fait comme un nimbe. C'est la plus grande surprise, tandis que le mal est inscrit au programme depuis toujours. Le mal, c'est la place des ténors, il est la chose la plus banale, ce à quoi je m'attends toujours. Tandis que la bonté, c'est un oiseau égaré parmi les cuivres et les cordes de ce mauvais concert, c'est le grand naturel du cœur qui est à chaque fois inattendu.

⋆

Le centre c'est le cœur : c'est le plus faible mais il est aussi invincible. En effet, le Christ a perdu et il perdra toujours, mais c'est en raison même de cette faiblesse qu'il triomphe, et ce triomphe n'est pas celui du monde. On peut faire un usage faux de tout, même de la vérité, de même qu'on peut jouir de tout, même du plus pur. Consommer, cela veut dire détruire. On peut consommer jusqu'à Dieu de cette manière-là. Le comble, ce serait d'idolâtrer Dieu, c'est-à-dire d'en faire quelque chose de délectable pour notre petite jouissance esthétique personnelle.

⋆

L'esprit de sérieux, c'est du plomb, et personne n'arrivera jamais à me le faire prendre pour de l'or. Quant à l'esprit brillant — caustique, cruel — c'est le contraire de l'intelligence. C'est un esprit qui aime le mal, la mort, et qui célèbre le côté insurrectionnel de la gaieté, une façon mauvaise de faire crépiter sa phrase, ce qui cache souvent un esprit infatué. Il y a toujours eu quelqu'un pour tenir cette place de pape dans la littérature. Une sorte de ludion, d'électron faussement libre. C'est une place indispensable dans le milieu littéraire. Il en faut toujours un. Quant à la pensée de ces esprits forts, elle n'est guère plus grosse qu'un osselet, comme dans le pot-au-feu, mais sans la moelle. Mais quand on est sorti du religieux littéraire, qu'est-ce que ça fait du bien ! Ce qu'on aime, on l'aime vraiment mieux, parce qu'on ne le compromet plus en lui imposant des voisinages douteux. Je me méfie de cette littérature, et en même temps je suis toujours à l'écoute : je sais que la vérité peut sortir de n'importe où comme le loup de la forêt. Il y a cent mille fois plus de cordes à l'âme humaine qu'à une harpe, et ce qui semblait impossible peut soudain se mettre à exister.

⋆

Louis-René Des Forêts et Samuel Beckett sont deux fruits qui proviennent sinon du même arbre, du moins de la même forêt. Ce qui est terrible, c'est que leur don est comme une eau qui est versée dans la jarre de leur désespoir. Je veux bien qu'on me montre le noir, mais je veux que ce soit un guerrier qui me le montre. Des

Forêts et Beckett laissent la nuit parler à leur place : ce sont des sirènes sombres qui nous appellent à baisser les bras. En effet, Beckett ne fait pas que décrire dans un de ses premiers livres une jacinthe pourrissante : toute son écriture est comme un napperon au centre duquel il a placé cette jacinthe. C'est un acte de négation absolue : on prend le plus suave, le plus délicat dans sa structure et le plus parfumé, et on le célèbre dans sa seule décomposition. C'est alors le ciel entier qui devient comme cette jacinthe pourrie. Quand on pense aux descriptions de jacinthes par Hopkins, on voit deux attitudes contraires : l'une nous tire vers le bas, l'autre vers le haut. Des Forêts et Beckett sont tous deux évidemment très doués, et comme on sait que cette vie est terrible, ils sont pareils à des procureurs qui parleraient dans une salle dont on aurait expulsé les avocats de la défense. C'est une épreuve très forte que de les lire. Elle peut même être féconde, mais, de même que celui qui était le langage du ciel n'est plus qu'un cadavre en putréfaction dans le célèbre tableau d'Holbein, la misère du monde est sans plus aucun secours pour jamais, d'autant qu'elle est parfaitement dite. La pureté est intuable, mais ces livres peuvent la persuader qu'elle est toute seule au monde, et la désespérer dans le cœur de ceux qui la possèdent. Des Forêts et Beckett liment mot après mot notre courage. On est dans une négation morne et persuasive, comme devant des mendiants qui exhibent leurs plaies. C'est une affreuse nuit de pourpre noir qui parle à travers eux pour nous persuader qu'il n'y aura plus jamais aucune aube. J'ai vu la perfection stylistique et l'irréparable chez Des Forêts, et les stigmates de l'absence atroce sur son cœur. J'ai senti le poids de l'enfant mort, mais c'est dans une nuit qui cherche à accroître son empire et à nous entraîner. Le cœur de la poétesse américaine, Emily Dickinson, au contraire, est là comme seule une rose est capable d'être là. Souvent elle souffre, mais elle n'est jamais souillée par ce désabusement qui n'a même pas le courage d'être seul et qui voudrait nous convaincre de l'inutilité de tout et nous entraîner dans le malheur. Étrangement aujourd'hui, on voudrait nous faire croire qu'il n'y a de lucidité que celle de la mort : il s'agit de gratter l'azur jusqu'à découvrir un ciel noir. Si on cherche autre chose on vous accuse de chercher une consolation, et comme ce désabusement épouse parfaitement l'effondrement maladif de l'époque, tout est verrouillé. Si Hopkins a connu la nuit, et l'a dite dans les *Sonnets terribles*, il est mort en disant : « Je suis heureux. » Il nous a laissé ça. Lâcher une phrase comme celle-là quand tout est perdu, c'est la générosité même. Chez ceux que j'aime en tout cas, il y a toujours un avenir. Comme s'ils me venaient de l'avenir. Ceci vaut également pour les livres. Je pense que Dhôtel a toujours parlé de l'avenir : il n'a parlé que de ce qui s'entête à pousser sur les ruines. Il a su nommer les ronces, l'éclat d'une boîte de conserve ou d'un coquelicot, qui sont ce qui nous reste quand tout est défait parce qu'ils ont une lumière invincible. Dhôtel est encore un peu en avance, car on en est presque arrivé aux ruines. La bienfaisance de ses livres va grandir parce qu'on aura besoin alors de l'éclat consolateur de ces toutes petites choses. Un jour il n'y aura plus que des ruines sur la terre, c'est-à-dire ce qu'il y a dans les poèmes d'André Dhôtel. Ce qui réalisera cette prophétie de Jung : « Toute injustice commise ou même seulement pensée se vengera un jour sur notre âme, sans se préoccuper de savoir si nous avons ou non des circonstances atténuantes. » Peut-être attacherons-nous enfin du prix à la seule chose qui soit indestructible, et qui n'a pas d'autre nom que celui de Dieu, qui est l'amour.

*

Je veux tuer ce qui est mort pour faire vivre ce qui est vivant. Plus le monde sera noir et plus il aura besoin d'être éclairé. L'enfance est traversée par un cortège de grands éteigneurs qui portent leurs idées, leurs opinions, leurs certitudes, leurs croyances reçues comme des cierges, solennellement. Ils croient éclairer, mais en réalité ils éteignent tout ce qu'ils prétendent éclairer. La vraie pensée, elle, est immédiatement agissante, elle ne peut pas être simplement pensée. Quand je lis un livre, que je regarde un tableau ou que j'écoute de la musique, je suis une pie qui vole, non pas tout ce qui brille mais tout ce qui est vrai. La pensée juste est contagieuse : devant certains poèmes arabes je suis cloué physiquement, c'est comme s'ils entraient physiquement dans mon sang. Moi, ce qui me touche le plus, c'est quand toute la force qui circule dans le sang va se trouver réunie comme un bouquet de roses dans le cœur.

*

C'est le feu qui décide, le feu de l'esprit, et il passe où il veut. Il n'a besoin pour prendre que d'un bois sec, c'est-à-dire d'un cœur ferme. D'ailleurs, le Christ n'a rien écrit. La lumière du monde ne vient pas du monde : elle vient de l'embrasement de ces cœurs purs, épris plus que d'eux-mêmes de la simplicité radicale du ciel bleu, d'un geste généreux ou d'une parole fraîche. Ce n'est pas uniquement affaire d'écriture (sainte ou non) et j'irai même jusqu'à dire que certains illettrés peuvent avoir dans ce domaine une supériorité de vision sur la tribu myope des lettrés. Citons-en quelques-uns :

Thérèse de Lisieux, qui, bien que l'Église ait récemment jugé bon de lui donner le titre de Docteur, n'a jamais proféré ou écrit que des paroles naïves si pénétrantes qu'à vrai dire seuls les coquelicots ou les pâquerettes sauraient les déchiffrer. Le Dieu de Thérèse de Lisieux n'est pas plus gros qu'une poupée de chiffons. Il a fait monter à ses lèvres des berceuses d'une simplicité inouïe. Je pense aussi à deux poètes gitans : Alexandre Romanès et Jean-Marie Kerwich. Ils ont donné une voix au peuple gitan qui jusque-là n'avait pas droit au titre de noblesse de l'écriture. Les Gitans ont une méconnaissance totale et lumineuse d'eux-mêmes. Jean-Marie Kerwich a la grâce de comprendre la nature. Avec son livre, *Les jours simples*, il pousse la fraternité jusqu'à entrer chez nous : on peut compter les écrivains qui entrent réellement chez nous. La plupart restent sur le palier. On les lit en dehors de soi. La plupart du temps, un écrivain est si fatigué qu'il n'arrive même pas à monter mon escalier. Mais un vrai écrivain, c'est quelqu'un qui vient chez moi et qui écarte de ma table les choses qui m'empêchaient de voir. Jean-Marie Kerwich grimpe mon escalier quatre à quatre. Il a joué sa vie, il traverse sa vie comme un feu de forêt. La particularité de cet homme, c'est que tout ce qui est vivant le blesse. De son côté, trouvant que Dieu mettait trop de temps à lui ouvrir, Alexandre Romanès a mis son pied dans la porte de la Grâce. J'aime de plus en plus ces écrivains qui vident ma pièce du superflu. La plupart des écrivains sont des décorateurs en intérieur, ils écrivent pour meubler en chic leur néant intérieur. Si je rassemble ainsi dans une même roulotte une sainte et des Gitans (et aussi quelques autres comme Maître Eckhart) c'est, outre la réjouissance que cela me donne, pour une raison très profonde. En effet, la vie est démente : elle contredit à loisir tous nos projets, tous nos calculs, toutes nos certitudes, toutes nos volontés. Elle ne peut entrer dans aucune logique (toutes sont pour elle des geôles) à l'exception de la logique insondable du cœur. Thérèse de Lisieux n'a pas su grand-chose et les Gitans n'ouvrent aucun livre, mais il y a dans leur cœur cette lumière barbare, inculte et infiniment belle qui, avec la parole des prophètes, peut seule empêcher le monde de se figer dans la nuit du savoir. Le cœur ignore toutes nos possessions : même l'homme le plus inculte garde son visage, la lumière d'un geste ou d'une parole. C'est tout juste si on ne se tache pas les mains avec cette lumière, comme avec de la peinture fraîche.

*

Ce qui m'enchante chez le curé d'Ars, c'est que la grâce tombe sur un disgracieux, comme si un titre universitaire prestigieux était décerné à un illettré. Ce qui me bouleverse chez Thérèse de Lisieux, c'est qu'avec une candeur de petite fille, elle remet d'un seul coup toute sa vie et son cœur entre des mains qui, peut-être, n'existent pas. Elle est une héroïne de l'innocence. Elle a joué à la marelle avec sa propre vie, elle a tout de suite lancé le palet au paradis et elle a sauté sur le ciel. Elle a été prise dans la grâce comme dans un accident : quand la tuberculose a changé ce paradis en enfer, elle ne s'est pas révoltée. Mais d'abord, elle a été guérie par le sourire d'une vierge de plâtre au goût très convenu qui, parce que c'était une statue de la Vierge, lui a rouvert les portes d'un ciel que la mort s'apprêtait à fermer. Là, toute ma bibliothèque tombe en pièces, parce que je suis devant une innocence phénoménale. C'est bien plus bouleversant que le génie d'Einstein. Elle prend tout à la lettre à un point tel qu'elle la fait éclater et que la lettre s'enflamme. Il ne reste que le plus pur, comme un parfum. La naïveté a ses bornes mais la candeur est toujours nouvelle. Thérèse de Lisieux a une bêtise transcendante : elle croit aux boutons-d'or, au ciel et aux anges, et cette bêtise est adorable parce que la plupart du temps la bêtise des hommes est bestiale. L'aimer, c'est reconnaître en nous quelque chose de plus grand que l'intelligence.

★

La vérité, c'est comme les lapins : ça s'attrape par les oreilles. À l'adolescence, je pouvais me laisser prendre par les apparences du vrai parce que je cherchais désespérément la lumière et que mon oreille n'était pas encore faite. Mais aujourd'hui, je sais immédiatement si on me ment ou si on est dans une vérité incroyable. « Une belle vie, c'est une vie où on a beaucoup souffert » : cette parole est celle d'un Gitan. Elle est magnifique. Elle mériterait d'être publiée et reliée dans du cuir repoussé d'or, car dès qu'une telle phrase a traversé l'air, plus personne n'est abandonné : même ceux qui ont été broyés par la vie retrouvent une dignité de seigneurs. L'oreille de Jean Grosjean est à cet égard irremplaçable. Il est un critique redoutable, d'autant qu'il réussit ce prodige de démonter les horloges sans empêcher les aiguilles de tourner. Il nous montre le mécanisme, mais le tic-tac de l'horloge, on l'entend comme jamais. On ne se retrouve pas avec un bric-à-brac de rouages démontés.

★

Adolescent, je suis entré dans une secte : la littérature est une secte où les auteurs se partagent la puissance d'égarement. Je lui demandai alors une consolation et un abri contre le monde. Ce que l'Église offrait autrefois : un droit d'asile. Cet abri, j'aurais dû ne le demander qu'à la Bible, ou bien à ces auteurs qui sortent en droite ligne des Évangiles. En fait, je demandais de l'ordre, et les choses sont en ordre quand chacun est à sa place. Par le jésuite anglais Gerard Manley Hopkins par exemple, ou par quelques autres, on sort de ce désordre culturel qui englobe indistinctement tout ce qui est reconnu par celui qui est pourtant le plus intelligent des critiques : le temps. Balzac ou Proust, c'est impossible de les rencontrer vraiment, même une seule fois. Ce qui est terrible avec la culture, c'est qu'elle peut tout absorber et qu'elle nivelle des noms qui n'ont strictement aucun rapport les uns avec les autres. C'est comme le conte du roi Midas qui ne pouvait toucher un fruit même pourrissant sans qu'il se change en or.

*

De la littérature, il me reste la folie du prince Mychkine, qui est épileptique et idiot, mais qui a une lumière et une force plus grandes que ses aveuglements. Même battu, il gagne, gagne et gagne, pendant que Swann va comme au labyrinthe dans une vie de plus en plus rétrécie. Il y a, au fond de la *Recherche du temps perdu,* une petite goutte de néant qui à elle seule teinte tout. Proust n'aura montré que l'extrême noirceur des amours humaines et de leur jalousie pour arriver à cette désillusion terrible dont ne sort aucune lumière. Swann a voué sa vie à une femme qui n'était pas son genre, et moi, j'ai passé des années à lire des auteurs qui, non plus, n'étaient pas mon genre. Mais si j'ai pu m'égarer, le fond est resté le même : je ne vois toujours pas de différence entre la pensée pure et une petite pâquerette. Je suis toujours hostile aux dogmes de la théologie comme aux systèmes philosophiques. Vouloir expliquer le monde, c'est comme vouloir faire entrer des roses dans un vase à coups de marteau. Quand on veut expliquer, notre pensée se rigidifie immédiatement à notre insu. Pour ma part, je n'aime pas qu'on m'explique : j'aime mieux écouter avec mes yeux. Au fond, je crois que je déteste le bon goût, les intellectuels chics, raffinés, et la façon qu'ils ont de se partager le gâteau du monde. Ce que j'attends d'une conversation, c'est toujours de l'air. J'étais mauvais aux examens oraux de philosophie : un ange alors me protégeait et m'inspirait : c'était un refus viscéral de parler à partir d'un savoir. Moi, j'attends toujours une présence : la mienne et celle de l'autre. Ce qui est terrible avec les intellectuels, c'est leur esprit de sérieux, parce qu'on ne sait rien de cette vie ni de l'autre : alors, par quel tour de force en arrivent-ils à une suffisance ? Par leurs opinions, ils arrivent à faire tourner le vrai comme on fait tourner le lait. Pour ma part, les conversations les plus inouïes que j'ai connues, c'était en m'agenouillant à côté d'un enfant, de façon que ma tête soit à la hauteur de la sienne. D'ailleurs, si on interdisait aux auteurs de mettre leur nom sur la couverture de leurs livres, la plupart n'auraient même pas commencé à écrire une seule ligne. Il y a de rares livres dans lesquels on voit la vie grandir, mais la plupart du temps, c'est seulement le nom de l'auteur qu'on voit grandir.

⋆

Le plus grand écrivain, on ne connaît pas son nom. C'est celui qui a écrit « À la claire fontaine » ou « Gentil Coquelicot ». Je n'attends rien d'autre d'un écrivain que ce que j'ai reçu de mes parents : qu'il me console, m'éclaire, m'aide à grandir et à me séparer de lui. Les vieilles chansons françaises m'ont énormément donné. Par exemple : « Il y a longtemps que je t'aime, jamais je ne t'oublierai. » Je ne sais pas de plus belle promesse. Ces chansons-là m'ont donné étrangement deux fois, comme si ma vie avait fleuri deux fois à l'intérieur. D'abord, ces airs très simples sont venus, au bord de son sommeil, recouvrir l'âme de l'enfant d'un drap de lin blanc pour qu'il ne prenne pas froid, ensuite ils sont revenus, dans ma vie adulte, me donner le feu de la conscience alliée à la beauté. Ce que j'allais chercher dans la littérature ou dans la poésie m'était soudain donné là en quelques couplets : à savoir un état parfait de la langue, les images sortant du cœur et restant au plus près de cette source, dont n'importe quel écrivain devrait être jaloux. Si les mots restent au plus près de ce qui les fait naître et les irrigue, c'est parce qu'il n'y a pas par en dessous la prétention de faire une grande œuvre. Ils sont aussi bouleversants et sacrés qu'un inventaire notarial, ou qu'un acte de mariage ou de décès. La beauté de ces chansons ne ternit pas avec le temps : il y a en elle une lumière qui s'accroît toujours un peu plus. Devant cet art sans artistes, je me sens perdu et heureux. C'est comme si je touchais le pouls même de la vie nue et déchirante qui s'en est allée. Il y a toujours eu une cotation financière de l'art, et ces chansons-là, de même que le petit gobelet d'étain sur l'acte notarial ou l'acte de mariage pauvre et magnifiquement calligraphié, n'ont presque aucune valeur sur le marché de la culture. Pour moi, elles ont cette valeur absolue de pouvoir m'amener au bord des larmes et de la joie et de me consoler… Lorsque j'avais dix ans, j'ai tué une hirondelle d'un coup de balai. Ce crime m'a à ce point marqué que je me suis aperçu que, dans *Le feu des chambres*, qui est mon premier texte publié, il est fait allusion à l'hirondelle. Malgré le coup reçu, elle me donne deux belles images. Elle a longtemps cherché à sortir de la nuit où je l'avais mise. En mourant, elle m'a légué une petite ombre. Eh bien, l'hirondelle à qui j'ai arraché la vie, il y a de quoi la ressusciter dans *L'idiot*. Dans ce livre de Dostoïevski, elle a une chance de pouvoir rebattre des ailes. C'est le vrai lieu pour qu'elle soit à nouveau vivante. Ce qu'on cherche, c'est moins à être pardonné qu'à être consolé pour le mal qu'on a fait, pour pouvoir ensuite poursuivre.

La lumière écrite

La vraie littérature m'apparaît comme un village dans la nuit. Un village qu'on apercevrait d'un chemin de campagne surélevé. Il y a des feux qu'on voit briller, certaines maisons sont éclairées. Elles sont habitées par Armand Robin, Francis Thompson, Emily Dickinson, Jean Grosjean, André Dhôtel, Gerard Manley Hopkins, Dominique Pagnier, Jean Follain, Jacques Réda. Ces maisons sont dans la même nuit, mais leurs liens sont secrets et aussi beaux que ceux des étoiles dans le ciel. Ils ne se connaissent pas forcément mais ils appartiennent à la même terre. Ils veillent dans la nuit sur la même chose. Ce sont ces lumières-là que je remarque dans l'abondance effroyable des livres. Pour moi, l'opposition se fait là : les maisons dont les lumières sont éteintes sont habitées par des égareurs. J'irais volontiers frapper à la porte d'André Dhôtel. Il a beau être mort aujourd'hui, il est bien plus contemporain que la plupart des auteurs vivants.

Une grande partie de ma vie se trouve encadrée par deux de ses phrases : « Il ne se sentait pas mûr pour cette solution désespérée qui consiste à adopter un mode de vie normal », et puis cette autre : « Quand on découvre un être lumineux, sans que cela ait aucun rapport avec le simple amour ou le rêve, on ne peut plus vivre comme à l'habitude. » Des phrases de la même texture, aussi subtiles, dont les nervures sont aussi fines que celles des feuilles de noisetier, on peut aussi en trouver chez Jean Grosjean, même si ce dernier va plus vite vers la pure pensée. Chez celui-ci, on sent quelqu'un qui médite depuis une dizaine de siècles et qui a la charité de ne nous donner que la fine fleur de sa pensée et de nous épargner les échafaudages. Ce sont des enchanteurs qui n'éblouissent pas avec de l'imaginaire mais avec le réel. Ils ont tous les deux du courage, parce qu'ils se sont débarrassés de l'illusion du salut sans supprimer la transcendance, et sans oublier non plus de rendre gloire à la part merveilleuse de la vie. Chacun de ces écrivains est occupé à sa façon par le songe de l'amour, qui est au fond le seul objet qui peut alimenter et relancer la pensée à l'infini. Tous ces écrivains que je vous cite sont préoccupés du bien unique et sont comme des chercheurs d'or. Ils ne sont pas au même point de la rivière mais ils cherchent avec leur tamis, et ils ont du mérite parce que le métier de chercheur d'or est un de ceux où la pauvreté est assurée. Ils sont des « travailleurs inutiles ». Jean Follain, quand il semble s'intéresser aux vieilles coutumes, c'est la même parcelle d'or qu'il cherche. Quand je lis André Dhôtel, je fais plus que le lire : je travaille. J'ai une petite règle d'écolier, et je relis chaque histoire jusqu'à y trouver les merveilles qui m'avaient échappé dans une première lecture. Ces phrases, extatiques comme peuvent l'être des champignons découverts dans un sous-bois, je les souligne. C'est une vraie expérience, comme s'il y avait notre nom caché à l'intérieur de sa parole. Et quelquefois c'est la merveille, parce qu'il y a des roses qui poussent dans les livres parfois. « Un jour, dit-elle, j'ai entendu une porte claquer dans le désert. » C'est plus costaud et inouï d'avoir écrit cette phrase que d'avoir découvert le schéma qui va permettre d'engendrer tous les ordinateurs de demain.

⋆

La profondeur de Jean Grosjean m'accable. On dirait Rimbaud qui aurait la science d'Abélard. Quand un même homme peut tenir ces deux dimensions en même temps, c'est accablant et enthousiasmant à la fois. Devant certaines de ses phrases, j'ai envie d'applaudir, comme si quelqu'un avait cassé toutes les pipes à la fête foraine. Pourquoi n'est-ce pas évident pour tout le monde ? Parce que les gens sont de plus en plus égarés. Mais il ne faut pas regretter cette rareté. Je dirais presque : au contraire. C'est quand il est au sommet de sa gloire qu'un grand écrivain ou un grand peintre a le moins de chance d'être compris. Être à la mode est la pire chose qui puisse arriver à un écrivain. J'en sais quelque chose. André Dhôtel cache des merveilles dans ses livres, comme à Pâques on cache des œufs en chocolat dans le jardin. Il faut parfois chercher longtemps avant de trouver, mais quand on tombe dessus, quel bonheur. Dhôtel, c'est l'homme le plus intelligent qui s'est voulu volontairement le plus simple : il s'est voulu gardien de chèvres alors qu'il avait toute la science du monde. L'écriture de Dhôtel, c'est comme les lucioles : quand c'est dans le fossé ça brille, mais quand on les prend dans la main pour les montrer, il n'y a plus rien. Si je veux parler de lui, je n'ai plus de mots. Ce qui est sûr, c'est que je le préfère à la plupart des « grands écrivains ». D'autres avanceront le nom de Beckett ou de Joyce, moi c'est le nom de Dhôtel ou de Grosjean. Ce ne sont pas les noms les plus glorieux, mais ça me rajoute un plaisir de plus.

*

On aurait aujourd'hui besoin de repères, car tout est devenu possible. Alors comment s'y reconnaître ? Il faudrait rappeler que le nord est le nord et le sud le sud. Ce qui manque à beaucoup, c'est une prise très simple sur leur instinct, sur ce qu'on sait tout de suite, c'est de s'appuyer sur leur cœur pour mieux mesurer ce qu'il y a à voir, comme sur une table d'orientation dans la campagne, sur cet appui qu'elle nous propose, comme si l'horizon était un hôte et qu'on s'appuyait sur lui pour lui parler. D'un côté, il y a le mal que l'on comprend parce qu'il est tellement bête et que c'est ancestral et naturel de vouloir se tailler une place dans le monde et de ne penser qu'à soi, de l'autre côté, il y a l'abnégation qui est incompréhensible. On peut donc comprendre que les hommes aillent vers le plus facile.

*

L'amour des poètes qu'on aime n'est pas très éloigné de l'amour qu'on porte à des vivants : à un moment, tel poème ou tel visage va remplir la petite poterie d'argile rouge que nous avons dans la poitrine. En ce moment, je me sens très proche d'Emily Dickinson. C'est une des plus belles filles que je connaisse. Elle a la puissance incontestable de l'air contenu dans la cage thoracique d'un tout petit rouge-gorge. Elle est ambitieuse d'une ambition qui ne peut faire mourir personne. Emily Dickinson va au ciel plus vite qu'un cheval au galop mais, malgré sa rapidité, elle n'oublie aucun des détails du réel. Elle tient à la fois de l'archange et du bouton-d'or. Ce qui me vient d'elle m'arrive plus vite que la lumière quand j'appuie sur l'interrupteur. Elle a comme Bach une souplesse incroyable en même temps qu'une autorité incontestable. Il y a deux choses que je partage avec elle : une vie sans événements (quand je mourrai, j'ouvrirai ma main et il n'y aura que quelques événements), et une complicité avec les enfants.

*

Rimbaud, c'est comme quelqu'un qui a fait un casse. Il fait un casse dans le ciel. Rien ne lui a jamais suffi, même une fortune, pourtant, il n'y a que l'or qui compte pour lui. D'abord l'or spirituel, ensuite l'or matériel. D'un coup de poing, il fait éclater la vitre derrière quoi étaient les plus beaux joyaux, il rafle tout ça et il le laisse tomber un peu plus loin. Il a la terrible négligence du voyou qui n'a même pas l'idée du partage, et jette ses diamants comme des bouts de ferraille. Il y a un grand principe de déception chez Rimbaud : son impatience discrédite tout ce qu'il peut trouver. Ce n'est jamais ça. On dit que les chiens hurlent à la mort. Rimbaud, lui, hurlait à la vie. Il n'y a que Dieu qui soit à la taille du don et de l'impatience d'un tel jeune homme. On dirait que les autres avaient le temps de se tromper et que lui ne l'avait pas. À peine arrivé dans une gare, au lieu de monter dans le wagon, il voudrait être transporté tout de suite à l'arrivée. Son orgueil et son appétit sont plus grands que les plus belles pierres qu'il a trouvées. C'est pour cela qu'il est si grand. Les intellectuels font toujours comme si aucun livre ne pouvait changer la vie, mais pas avec Rimbaud : quand le cœur se trouve dans l'alignement même du soleil, c'est le plus beau. Il y a alors quelque chose qui échappe à toute maîtrise. On n'a plus à se mêler de rien parce qu'on est délivré de soi-même sans être dans la froideur du détachement. Ce qu'il est est à la fois incompréhensible et miraculeux. Je ne vois aucun autre exemple dans la littérature. Je suis un pommier dans un verger ordinaire et je donne des pommes, mais dans le pré à côté il y a un pommier qui donne des pommes en or. Rimbaud est un pommier en or.

*

C'est intéressant de considérer ensemble Dhôtel et Rimbaud. C'est intéressant de les asseoir côte à côte pour essayer de les comprendre. Il s'agit chez eux d'autre chose que de littérature, ce qui, du coup, fait que leur littérature est la plus belle qui soit. Tous deux trouvent autre chose que ce qu'ils cherchaient. Ils visent tous deux un oiseau inaccessible et atteignent un gibier différent, dont personne n'avait idée. J'aime que certains mettent en joue cet oiseau inatteignable. Si on ne vise que la littérature, on obtient toujours moins que ça. Au fond, ceux qui font seulement des livres ne font même pas des livres. Ce qu'ils font peut se vendre avec succès mais ce n'est rien. Un écrivain qui ne cherche que l'esthétique, la beauté et la perfection, tombe en dessous de l'esthétique, de la beauté et de la perfection. Dhôtel lui aussi a mis la main sur un trésor de légende, mais, au contraire de Rimbaud, ce qu'il trouve il le met aussitôt à l'abri dans des livres aussi épais que des bottes de paille, pour que d'autres puissent en profiter. Ce qui me plaît, c'est qu'avec son œil à demi fermé, il a vu la même lumière.

*

Djalal al-Din Rumi, le grand maître de la mystique soufie du XIIIe siècle, est peut-être pour moi le poète des poètes, parce qu'on le lit sans penser une seconde à la poésie. Il est plus attirant pour moi que la plus belle des filles. On devrait même m'arrêter parce que je le lis, parce qu'il me donne un sentiment d'ironie par rapport au monde. Le savoir est plongé dans le cœur de Rumi, ce qui fait que son cœur devient une toupie. Il fait ce que Maître Eckhart se contente de dire. Ses poèmes sont comme les gouttes d'eau qui jaillissent de la salade qu'on essore, la salade étant son cœur. Rumi est si épris de l'instant que c'est comme s'il était lui-même la source de Dieu. C'est une étoile qui explose en projetant une bruine de diamants : il y a à la fois un chaos, un souffle comme celui d'une bombe, une grande destruction de tout, un éparpillement énorme et une unité absolue. Ce qui rend cette unité dans l'éclatement de tout absolument incontestable, c'est l'ivresse ou la joie. Lire Rumi, c'est être jeté en l'air avec les fusées de son écriture, comme la rose sort de la rose par son parfum. Tout se mélange et en même temps tout est à sa vraie place, comme au cœur d'une rose ou d'un cyclone. On dirait qu'il a traversé vraiment le ciel de la logique. Ce que j'aime dans sa pensée, c'est son mouvement, semblable à celui du va-et-vient des abeilles entre la ruche et le pré qui peut se trouver à plusieurs kilomètres. Au fond, la ruche est un peu comme un monastère, fait de cellules minuscules, avec au-dessus le bourdonnement de la prière, et les abeilles sont un peu comme des religieuses. Il y a des milliers d'extases devant une ruche, qui sont comme une danse d'ivresse. Quant aux abeilles, elles sont comme des danseuses soufies, on peut aussi penser à elles comme à de grandes mystiques.

*

Je n'ai pas changé d'idée sur la philosophie. Mais il y a cette grande ruche où travaillent les poètes que j'aime, et qui changent la lumière en miel. Et puis, il y a cette abeille Rumi, gorgée de pollens et de sucs, qui a trouvé le chemin des parfums et qui revient le dire, indiquant le chemin en dansant. Je n'ai pas trouvé comme lui le pré aux mille fleurs, mais je regarde cette abeille qui a la bonté de revenir à la ruche pour prévenir les autres abeilles afin qu'elles le trouvent aussi. Les autres abeilles semblent chétives à côté de lui. Elles ne mettent pas tout à fait comme lui le feu au petit tonneau de poudre que j'ai dans le cœur, et pourtant elles font aussi un travail véritable. L'une de ces abeilles s'appelle Emily Dickinson. Elle fait son magnifique petit travail dans son alvéole à elle. Il y a un côté oisif des intellectuels, mais ceux qui font la vraie littérature travaillent de la même façon qu'un boulanger ou un menuisier. Ça permet de distinguer les vrais ouvriers de la ruche et de sortir les faux bourdons comme Lautréamont.

*

On n'a jamais pu faire grand-chose devant mon refus : je suis têtu au carré. Quand j'avais quatre ans, il y a eu un conflit entre mon grand-père et mes parents. J'ai voulu prendre les choses en main et j'ai dit tout à coup : « Moi, je vais aller pousser le pépé dans le feu. » Je me suis levé pour le faire. Mes parents ont dû s'interposer. C'est comme ça : je suis né en colère. Je ne supportais pas les conventions du monde. Je n'hésitais pas à marquer mes refus. Ainsi — et c'est un exemple parmi beaucoup d'autres — je me suis un jour déchaussé au début d'un repas et, non sans théâtralité, j'ai laissé choir ma chaussure dans une soupière remplie de soupe fumante. Aujourd'hui, ce n'est certes pas mon grand-père que je pousserais dans les flammes, mais, plus radicalement, le cœur malade de ce monde. Parce qu'on avait accueilli mes livres, j'ai cru qu'il n'y avait plus de combat à mener. C'était tout le contraire. La guerre spirituelle a commencé. La gentillesse, quand on la tient par le mors comme un cheval et qu'on lui laisse tous ses muscles, c'est sans doute une belle chose, mais ce n'est pas encore le cœur. Il n'y a que l'amour qui individualise. Dans le cœur il n'y a aucun nombre : c'est toujours un, et un, et un. S'il y a un Dieu, il ne sait sûrement pas compter. Aujourd'hui que nous sommes tombés dans le matérialisme, il n'y a plus que des chiffres. Dans le monde moderne, on nous demande de choisir à trois cents kilomètres à l'heure : comment ne se tromperait-on pas ? L'erreur exemplaire, c'est l'informatique. L'électronique est une manière affreuse d'éveiller l'invisible. La photographie aussi. « Le vol de l'âme » : l'expression n'est pas fausse. On a commencé à avoir un lien très pervers, presque torturant avec l'invisible. Je sais la part morte du monde parce qu'elle est aussi en moi. Quand on parle du monde, on parle aussi d'une chose qui est en soi-même. Les mythologies, qui m'ont toujours ennuyé, ont une image juste : l'Hydre de Lerne, monstre aux cent têtes toujours renaissantes. Aujourd'hui, je veux dormir avec mon épée, manger avec mon épée, couper les pages de mes livres avec mon épée.

*

La meule pour aiguiser tout, la vue, l'intelligence et même l'intuition, c'est le cœur. Hopkins est l'exemple parfait de quelqu'un dont le cœur est réellement éveillé. C'est d'abord une âme d'une intégrité absolue. En ce moment je lis Hopkins et Follain. Ces poètes sont des rémouleurs : auprès d'eux j'aiguise mon regard. J'ai besoin de quelqu'un d'intelligent pour être moi-même intelligent. Au-delà de la précision incomparable de sa vision, Hopkins est quelqu'un d'une probité merveilleuse. Gerard Manley Hopkins n'a jamais écrit que par obéissance à ce qu'il voyait et, dans sa vue, les jacinthes, les nuages et la nature entière n'étaient qu'une broderie que le Christ tissait avec ses mains trouées.

Il m'a surtout appris qu'on peut arriver à l'hallucination par la précision de la description du réel. En effet, pour être pleinement poète, il faut être aussi scrupuleusement précis qu'un notaire. Il ne faut rien ajouter à ce qu'on voit. Il s'agit de trouver tout seul les mots qui diront sans déborder ce que les yeux ont vu. Écrire, c'est prendre les mots un par un et les laver de l'usage abusif qui en a été fait. Il faut que les mots soient propres pour pouvoir être bien utilisés. Ce travail-là est le premier. Les mots Dieu ou amour ont traîné partout, et pourtant ils sont trop précieux pour qu'on les abandonne. Il faut donc rafraîchir le langage pour qu'il retrouve son innocence. Il faut que les mots retrouvent cet étonnement incroyable des bébés qu'on lave et qu'on frictionne. Ils sont alors si purs qu'ils arriveraient presque à nous rendre aussi innocents qu'eux sur l'instant. La vérité nous rend cette candeur première, la beauté de celui qui entre dans une église pour prier sans être vu, ou de celui qui ouvre un livre dans un jardin public : le visage devient alors comme une petite chapelle. C'est beau : on dirait un départ sur place.

⋆

Tout ce qu'on devrait demander à un livre, c'est d'être transparent et de refléter la lumière.

Je me suis longtemps égaré dans la forêt des livres, mais aujourd'hui, tous les livres que je lis sont pour moi comme des plaques de verre : la moindre rayure, la moindre poussière, je la ressens presque physiquement. Sauf probablement pour mes propres livres, tant il est malheureusement vrai qu'on voit plus facilement les défauts des autres que les siens propres. Les livres sont un Jugement dernier en permanence. Si on se rendait compte que les livres que nous écrivons disent tout de nous, on n'oserait plus rien écrire. D'ailleurs, le réel nous donne exactement ce que nous lui donnons, ni plus ni moins. Quand je suis médiocre, ce que je vois me le paraît aussi. J'ai alors l'âme d'un bouledogue : toute fripée. Parfois, tout va bien, mais parfois je m'aperçois que j'ai hérité de la chaise d'Alice au pays des merveilles : je ne suis plus à la hauteur. Le langage ne peut mentir, il dit exactement ce que nous sommes à l'instant où nous écrivons. Il est son propre graphologue. Ainsi une grande partie de la littérature de ce siècle reflète-t-elle le néant : ils mettent leur sexe dans leurs livres, et c'est pourquoi il n'y a pas de livres, seulement leur sexe. On ne sort du temps que par la bonté. Dans la vie, on commence par aimer ses parents : c'est le cœur naturel, qui est vital. Mais plus tard il y a un deuxième cœur qui doit venir et qui est invulnérable et incorruptible. C'est le cœur que Dieu nous donne, et c'est avec ce cœur que le Christ parlait quand il disait : « Je suis venu pour que le fils se dresse contre son père. » Le cœur, c'est ce qui en nous ne supporte pas le monde. Quand je lis, c'est cela que je cherche. Je cherche quelque chose qui ne soit pas sali par le monde.

*

La vie des livres et des gens est très personnelle. On ne peut pas amener quelqu'un à une lecture en lui disant : « Lis, tu verras, c'est magnifique », ni à une amitié en lui disant : « Tu devrais fréquenter untel, c'est quelqu'un de formidable. » Ça ne marche jamais comme ça. Il faut trouver soi-même. Enfant, je ne voulais pas qu'on me dicte mon temps ou mes lectures. Le vrai ne peut passer que par soi, quitte à vous renverser ou à vous illuminer. Il n'y a aucun modèle en la matière. Tout le reste peut s'imiter. Mais, néanmoins, on ne peut s'empêcher de parler de ce qu'on aime et d'essayer de le faire partager. Par exemple, l'écriture de Jean Follain, qui est impériale, et qu'il faut lire avec la lenteur qui était encore propre à son époque. Plus près de nous, il y a les poèmes de Jean-Pierre Colombi. C'est un des hommes qui parlent le mieux de l'infinitésimal du vivant sans visage. On dirait un Homère de la matière infinitésimale. Colombi s'est rapetissé par génie au niveau des atomes qui composent l'univers. On dirait qu'il a bu une potion magique pour devenir assez minuscule pour pouvoir apercevoir le petit. À côté de lui, une dentellière a des mains de laboureur. Qui sait dire l'existant avec cette exactitude-là sait le voir comme un enfant sait voir la fourmi sur laquelle il s'est penché. Il a un regard dont l'acuité fait peur, parce qu'on se demande où est celui qui a ce regard-là. Quand on lit un poème de Colombi, on est le bol de lait, la feuille qui tombe. Il y a chez lui quelque chose d'un tout petit peu tyrannique, comme un rêve de commander. Avec lui, on n'a pas d'autre choix que de s'asseoir là où il nous dit de nous asseoir pour regarder là et pas ailleurs. Chez Colombi, il n'y a plus que la vue : cet homme disparaît corps et biens dans ce qu'il voit. L'âme, le cœur, l'esprit, se sont réfugiés dans son œil. Une telle vue capable de voir chaque facette d'un œil de mouche donne une beauté qui tombe comme un décret, mais aussi une beauté qui contracte. Colombi est le roi d'un timbre-poste, quand Grosjean verrouille l'univers entier. Colombi me donne l'heure à la seconde près, comme à une horloge atomique. Si je veux savoir ce qu'est la vie d'une cuiller, j'ouvre un de ses livres. Mais cet homme qui porte tant de soin à décrire un brin d'herbe, on se dit que tout son cœur a dû passer là-dedans. Je ne peux m'empêcher de me demander :

« Qu'est-ce qui va rester pour moi, s'il m'aperçoit ? » Colombi dit admirablement la vie sans nous, la vie sans personne. En ce sens, on peut même dire qu'il a réussi à écrire les livres que des générations de fous n'ont pas pu faire. Il est comme ceux à qui le malheur a enlevé jusqu'à la sensation du malheur. Il me fait penser à ces scientifiques pour qui tout ne serait que vibrations de cordes. C'est une poésie étrangement belle, comme un amour sans cœur.

★

Même s'ils sont placés sous le faux plafond de la littérature, il y a un vrai soleil dans les livres de Pierre Michon. Il écrit ses phrases avec son poing plutôt qu'avec sa main. Le malheur de cet homme, c'est peut-être son goût pour l'éclat. Il est accablé par les maîtres qu'il s'est donnés et qui maintiennent sa grandeur sous le tout petit ciel littéraire. Il est imbibé par les grands modèles de la littérature. Son œuvre est l'ensevelissement dans la chambre d'or de la littérature, comme dans la chambre de Louis XIV. Je ne pourrai jamais y dormir une seule nuit, parce qu'il n'y a pas assez d'air pour moi. Son œuvre est une impasse étoilée. Il est sous la sujétion impossible d'un mort, c'est-à-dire d'un modèle qui serait l'incarnation même de la littérature. Il est sorti complètement ivre de la chapelle

Rimbaud. Chacune de ses phrases est comme un sépulcre. Le ton encoléré qui passe dans ses livres est une rage, comme si quelqu'un cognait derrière une cloison de papier. Il est comme un orphelin qu'on aurait enfermé dans une église la nuit, et qui tantôt tambourinerait au portail, tantôt tomberait en catalepsie devant la flamme d'une mauvaise peinture. Mais il y a une rosée qui couvre toute l'écriture de Rimbaud et que Michon ne montre pas.

*

On n'a jamais autant admiré la laideur. Même la musique, dont on a cru pendant longtemps qu'elle ne pouvait qu'adoucir les mœurs, est devenue un ressassement binaire qui ressemble au bruit que fait le cœur et qui en fait le détruit. Ce qui fait la plupart des livres n'est qu'un misérable talent teinté d'un peu d'impatience. Mais c'est pourquoi il faut être encore plus attentif à ceux qui savent voir la beauté. Il y a ainsi l'écriture de Thierry Metz. Celui-ci appartient à cette race d'anges bûcherons que sont certains artistes, comme l'était le grand violoniste Eugène Ysaye, dont la stature physique était telle que son violon semblait entre ses mains un jouet d'enfant. Ce qui est troublant et éclairant à la fois, c'est que Thierry Metz a des mains de petite fille pour toucher les mots. Je ne sais rien de plus beau que ça : un géant qui se penche pour toucher un papillon ou une fleur. Et puis il y a Dominique Pagnier. D'abord il y a eu le roman, puis il y a eu le baroque, et maintenant il y a le Pagnier… Celui-ci est à la fois le bûcheron, le menuisier et l'ébéniste de ses phrases. Il fait tout le travail avec un art parfait et dans un monde qui s'en moque complètement. Après, il n'a plus qu'à aller se coucher. Il se condamne à un sommeil de brute. Et puis, il y a les phrases d'une tenue impeccable d'Ernst Jünger. Ses mots retombent en gouttelettes sèches sur la page, comme l'aigle quand il secoue juste les plumes de son cou. Tous ces auteurs ont payé par une solitude pour y voir clair. La vérité ça coûte, même quand elle est heureuse. Pour le mensonge, on fait circuler la même fausse monnaie que les autres, mais quand on trouve de l'or, on est seul à trouver de l'or. On est seul comme dans le deuil.

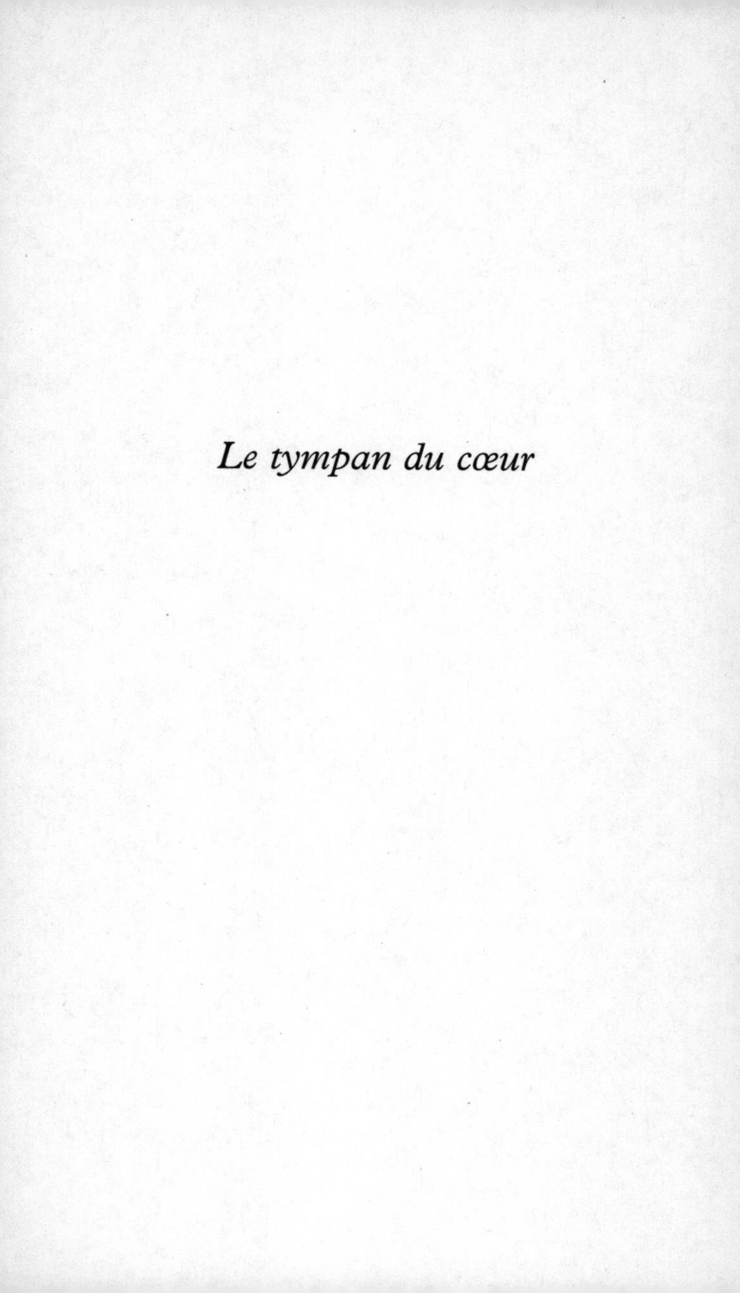

Le tympan du cœur

Je crois à l'incroyable. Je crois à l'incroyable pureté de la douleur et de la joie d'un cœur. Ce sont des choses extrêmement rares et d'une simplicité à pleurer. J'ai vu sur le visage de mon père mourant un sourire comme un point de source. Un sourire « immortel » me renverrait aux statues des musées, mais dans ce sourire de mon père était maintenue comme une création du monde. C'est dans sa vie épuisée qu'il a dépensé tout l'or de son sourire en une seconde. Cette vérité souriante qui avait traversé sa vie et dont les ondes se sont non seulement maintenues mais même élargies bien après son recouvrement sous la terre, je crois qu'elle m'attend à la dernière heure. Ce à quoi je crois est toujours lié à un attachement et à une personne. Dans cette croyance, je soutiens quelque chose qui à son tour me soutient, et qui continue à vibrer bien après la disparition des êtres, comme cette lumière des étoiles qui continue à nous parvenir quand elles sont mortes. Je ne pourrai plus jamais rien offrir à ces personnes qui sont mortes, mais on continue à faire alliance. L'au-delà auquel je crois, je le vois ici et maintenant, car dans un sens c'est ici que tout a lieu. Cet au-delà avale le temps entier et le dépasse. Et qu'est-ce que cela change si on me prouve demain qu'il n'y a pas de résurrection et que le Christ n'est qu'un sage parmi tant d'autres, même s'il est le plus grand ? Eh bien, cela ne change rien, je ne changerai pas ma vie ni ma manière de voir, parce que cette espérance est tellement collée à moi, elle fait tellement partie de moi, comme la couleur de mes yeux, que je ne pourrais pas l'enlever sans m'enlever en même temps le souffle et l'âme. Là, je suis dans quelque chose de plus immuable que la pierre. Ce sourire dont je vous parlais, pour aussi évanescent qu'il soit, est pour moi ineffaçable. Un des crimes de notre société, c'est d'avoir dénaturé jusqu'au sourire pour en faire un argument de commerce. Le sourire est une chose sacrée, comme tout ce qui répond par une réponse plus grande que la question. Moi qui suis entêté de solitude, je dis que le plus merveilleux de tout, c'est le sourire. C'est une des plus grandes finesses humaines. C'est presque un avant-goût de la vie d'après, comme une fleur de l'invisible. J'irai jusqu'à dire que le plus beau de tous les sourires ne peut surgir que sur un visage presque fermé, retiré. Mais si on se penche sur les berceaux on peut encore le retrouver. Quelle que soit la férocité des hommes, le sourire apparaît chaque fois que quelqu'un est mis au monde. Un sourire peut être angélique ou faux, mais un vrai sourire, c'est le sourire de quelqu'un qui a tout trouvé : il n'y a plus ni calcul ni séduction.

*

Le sourire des statues grecques me laisse indifférent : c'est une chose parfaite et morte. Mais chez Camille Claudel, c'est différent. Si on prend le visage de *La petite châtelaine*, il n'est ni chagriné ni souriant : il va vers de la douleur pure. Camille Claudel a saisi le visage d'une enfant allant vers son visage éternel. Quand je regarde ce visage, je sais que je ne suis pas seul. Il y a cette petite fille qui curieusement existe, et bien plus qu'une grande partie des gens que je peux croiser dans la rue. Je n'ai pas la folie de dire que c'est une présence, mais il y a là-dedans plus que de la matière. Ce que je vois sur ce visage de fillette, c'est tout simplement la pointe de l'âme de Camille Claudel. Avec du charnel peut donc se dire quelque chose qui ne l'est pas, qui a à voir avec l'aérien. On voit quelqu'un être là, presque à son point d'apparition. Devant ça, je n'ai plus qu'une identité de brin d'herbe. Tout à coup, on est réduit au fait brut d'être vivant et c'est insupportable et adorable en même temps. Cela peut aller vers le feu des larmes ou d'un sourire. Car il faudrait parler aussi des larmes. Il y a aussi des larmes qui sont ineffaçables et qui témoignent de l'insistance de la même vérité. Ce sont deux preuves d'une existence qui excède la nôtre. Les larmes et les sourires écrivent sur les visages. C'est sur eux que se lisent la douleur et la bonté pures. Ça entre dans le cœur comme un sceau sur de la cire. Très peu de choses méritent d'être crues, mais voir soudain la douleur et la bonté de quelqu'un, c'est comme trouver le nord quand on ne savait plus où on était : tout à coup tout s'oriente, même s'il y a des douleurs contre lesquelles on ne peut rien. Les larmes comme les sourires allument le visage et l'éclairent, comme si on nous avait donné un visage inachevé, et qu'il ne trouvait sa perfection dans cette vie que dans la violence pure d'une rencontre ou d'une perte. Dans la grande douceur brûlante des larmes ou du sourire. Tout cela hors langage et hors société. La vérité naît dans le ravinement des larmes ou dans le petit berceau des lèvres, car le sourire donne aux lèvres le dessin d'un tout petit berceau un peu tremblant.

*

La véritable intelligence avance dans la lumière : c'est éblouissant de voir l'esprit de

Pascal ou de Bach avancer. Mais la valeur d'un homme ne se joue pas sur la crête de l'intelligence analytique. Au fond, la *Somme théologique* de saint Thomas d'Aquin ou la *Recherche du temps perdu,* ce n'est pas plus important que de sauter à la corde, ce qui d'ailleurs n'est pas tout à fait rien, car quand on saute à la corde on sent la pulsation pure du temps. J'ai passé une dizaine d'années à me promener avec des enfants, et cela équivalait à des études théologiques. S'il y avait pour moi une sagesse, ce serait : l'art d'être là pleinement, avec une attention extrême, soutenue. C'est pour cela que les enfants me fascinent, par ce don qu'ils ont d'être pleinement là, dans le pur présent. J'ai une complicité profonde avec eux. À trente ans, je préférais jouer avec des petits personnages en plastique plutôt qu'avec des concepts. Je ne pouvais expliquer à personne que perdre du temps de cette façon, c'est une des plus belles occupations du monde. Or, les enfants envahissent le temps sans arrêt, comme on entre dans un château pour y délivrer une gaieté ou une ardeur. Là, je savais exactement ce que je faisais sur cette terre. Le temps, les enfants et moi, on s'amusait à l'enflammer ou on le dépensait comme des sous qu'on n'avait pas et qu'on jetait par les fenêtres.

★

Quand on a le Christ, on ne peut plus imaginer : on est débordé par le réel. Francis Thompson est devenu mon frère dès l'instant où j'ai lu ces lignes de lui : « Le poète doit penser dans son cœur. Il ne suffit pas qu'il pense dans sa tête, ni non plus qu'il sente dans son cœur : penser dans la tête engendre les sciences abstruses, et sentir dans le cœur, au mieux, une poésie émotionnelle d'un genre inférieur. Lorsqu'il cesse d'en être ainsi pour le poète, il cesse d'être poète. » Cette phrase, « il faut penser dans son cœur », a éclaté dans ma tête comme la fleur de magnolia au mois de mars. Ce qui est miraculeux, c'est qu'un poète, né en 1859 dans l'Angleterre industrielle, se met à parler comme le plus subtil des Orientaux. Sa pensée se retrouve sur les lèvres de Rumi, vivant au XIIIe siècle : « Si tu écoutais un instant la leçon du cœur, tu ferais la leçon aux érudits. » Du XIIIe au XIXe siècle, la vérité est toujours neuve, ruisselante et printanière. De Francis Thompson je garde en moi ce poème sur un coquelicot :

Elle se tourna, dans la déroute
de ses cheveux du Sud.
Elle vit ce Bohémien qui dormait,
le saisit, le cueillit d'un geste vif
d'enfant fantasque, et le lui donna
en disant : « garde-le toute ta vie ».

★

Avec le portrait d'un enfant souriant de Frans Hals, peint en 1615, je découvre ce que j'ai vécu en 1985 avec toute une troupe d'enfants. Quelqu'un qui est mort il y a trois siècles me révèle à moi-même ce qui de moi vibre encore au moment où je vous parle. Ça me plaît, parce que cela dit quelque chose sur le temps : qu'il n'est pas ordonné comme on le croit. Il y a ainsi une très belle solidarité entre les vivants et les morts. Il y a des solidarités invisibles qui brûlent toutes les pages des calendriers. Une tourterelle sur un arbre va me parler d'un peintre mort qui, à son tour, va me parler de la lumière qui entre par la fenêtre de ma chambre. Il y a des liens scintillants entre des choses souterraines. Dans le cas de la peinture qui nous occupe, c'est rare de peindre des enfants sans tomber dans le mièvre. Le visage de cet enfant, c'est un visage et en même temps c'est un cœur élevé en plein air. Ces lumières brunes et ocre ne cherchent pas l'épate. Elles sont très près de l'argile dont parle la Bible, où est mêlé le souffle pour arriver aux imbéciles que nous sommes. Peut-être qu'un vrai artiste est toujours un moraliste, au sens pascalien du terme. C'est le bien qui est cherché avec avidité, et alors la beauté vient inévitablement, comme une petite carriole attachée à une plus grande et filant à toute allure, ainsi que dit encore Francis Thompson : « comme une récompense accidentelle ». Il faut faire une œuvre d'art, mais à l'intérieur du cœur. La beauté chez Frans Hals n'est guère plus qu'un copeau de bois : il prend le bois brut du visage et il va en chercher toutes les veines. Les copeaux vont tomber dans l'Histoire de l'Art, mais ce n'est pas la beauté qui est le plus beau chez lui. C'est comme s'il allait chercher l'âme dans la chair. On a l'impression que c'est fait sous nos yeux. C'est vraiment la peinture d'un affamé : il veut la vérité vivante de ce qu'il peint. Son art est le serviteur de son cœur : on est au sommet. On dirait qu'il n'a pas le temps de peindre. Il y a là un traité silencieux sur la brièveté de la vie et sur la vérité comme seule garante de la beauté dans sa peinture. Frans Hals est enfin un peintre qui ne fait pas de la peinture. On dirait que tous ces visages qu'il a peints sortent du four de Dieu. Ils sont cuits : ils viennent à peine d'être faits, avec un souffle ajouté qu'il arrive presque à montrer. Pour lui, l'âme est dans la chair comme dans un nid, il va la dénicher. L'âme est dans la chair comme la perle dans l'huître. Beaucoup de choses qui nous plaisent dans la vie ordinaire s'évanouissent aux premiers coups qu'on reçoit : c'est comme si on passait sa vie en compagnie de faux amis. Avec Frans Hals, au contraire, c'est comme si la personne qui avait peint ce visage il y a trois siècles était là, assise dans ma cuisine. Il a peint en se débarrassant de plus en plus de la peinture. À la fin, il n'y a plus que l'os de l'essentiel, il a laissé tomber la peinture. Il ne donne plus un seul pigment pour le bien faire, pour l'esthétique. En fait, je demande de l'aide partout : quand je regarde cette peinture, je reçois de l'aide : Frans Hals répond. Kleist répond, Jean Grosjean aussi répond, si j'appelle à l'aide il me répond. Kierkegaard aussi. Il n'y a pas d'autres raisons pour passer un temps aussi déraisonnable avec un peintre ou un écrivain. À certains moments, il est possible que plus personne ne réponde quand on appelle à l'aide. Mais ces paroles bénéfiques, humaines, ça les fait briller encore davantage de se détacher sur un fond de silence : ce sont de vrais miracles. La beauté de la peinture de Frans Hals, c'est qu'elle nous dit aussi quelque chose de ces moments où toute paix est perdue. Elle n'est pas mensongère puisqu'elle peut tenir même quand nous sommes dans les flammes.

⋆

J'ai profondément aimé jouer avec des enfants de mon entourage, j'ai aimé la jolie fièvre de leurs jeux et leur adorable précipitation à tout inventer sans arrêt. J'ai aussi connu des petits notables de sept ou huit ans. J'ai également aimé m'asseoir et me taire ou échanger quelques mots avec quelqu'un d'âgé. Ces occupations me ravissent, parce que c'est peut-être là que je connais le plus ce temps qui échappe au temps. J'ai beau avoir lu les philosophes, je suis très sceptique quant à la métaphysique, mais quand je parle avec quelqu'un d'âgé, je suis plus proche d'une philosophie vivante que dans les livres de philosophie. Les bébés sont des milliardaires qui ne gardent pas un sou pour eux : l'or qu'ils ont part dans tous les sens. Le vieillard c'est le pauvre absolu, la pauvreté dont parlent les mystiques. La fausse fortune, c'est le monde, mais près d'eux il n'y a plus de fortune. Il y a une terreur et une douceur dans ces deux âges, qui sont presque à l'état pur. Il n'y a pas de plus grande peur que celle de l'enfant qui a fait un cauchemar ou que celle de l'homme âgé qui a peur de mourir. Ces deux choses sont rejetées dans l'âge adulte par la culture et la séduction. Cette bêtise de la séduction déporte au loin l'épouvante et la douceur de vivre. Or ces deux choses sont ce qui fait la grandeur des contes. C'est un genre qui sait très bien parler de la douceur et de l'angoisse mélangées de cette vie. Vivre, c'est être pris à l'intérieur d'un conte de fées. Quand l'adulte n'est voué qu'à la recherche de l'argent et du plaisir, il ne reste plus comme merveilles sûres que le premier et le dernier âge de la vie. Au fond, j'aime bien ceux qui arrivent et ceux qui vont partir. Ils ont de magnifiquement commun, l'un de ne pas avoir encore été saisi par la volonté de puissance, l'autre d'en avoir été rejeté. Tous les vieillards ne sont pas des sages, mais ce qu'ils ont de commun et qui me bouleverse, c'est ce dépouillement qui est venu, qu'ils y consentent ou pas, c'est cette faiblesse qui est partout sur eux et qui pour moi est sacrée. Notre société a renié notre éternité. Le monde aime sa propre jeunesse, sa propre beauté, sa propre souplesse, sa propre richesse. La plupart des conversations d'adultes me laissent dans une nuit complète, mais parler avec un vieillard a du sens. Nous vivons entre deux pôles d'une faiblesse incroyable. La faiblesse du mort est plus grande encore que celle du nourrisson. Le mort, c'est celui qui ne peut plus du tout se défendre. Il est encore sur cette terre et il ne peut même plus lever le petit doigt. Ses propres pensées lui sont devenues inaccessibles. On n'a que nos visages quand on vient au monde, et les vieillards aussi ne sont que des visages, puisque leur force physique les a quittés. Ces visages sont plus beaux que les enluminures les plus riches du Moyen Âge. Les visages des nouveau-nés sont en proie aux questions : ça ricoche sur leurs bouilles, sur leurs gros yeux. Ils sont transpercés de questions plus que des philosophes puisqu'ils n'ont aucun élément de réponse.

*

Je pourrais parler nuit et jour avec un bébé : quelqu'un arrive qui est absolument indemne des fausses vérités et des habitudes. Les bébés ont quelque chose qui est comme fondé en sagesse, tels des Bouddhas. Ils nous donnent des nouvelles d'une étoile très lointaine et cette nouvelle n'est pas encore ralentie par les mots. Les bébés s'autorisent aussi à fixer, ce que nous ne nous permettons pas. On croit que la naissance est finie, mais non : leur regard continue d'avancer sans ralentir sa vitesse. Si on regarde cet étranger absolu qu'est un bébé, on voit qu'il est presque heurté par le langage convenu que nous employons pour lui parler. On voit une lueur d'incongruité dans son regard quand on lui dit des petits mots bêtes. Cela produit la même impression que si, devant un sage au visage aussi vieux qu'une carapace de tortue, on se mettait à dire des choses sans intérêt. Les bébés sont des métaphysiciens absolus, et c'est une misère que de ne leur accorder qu'une admiration conventionnelle. C'est une insulte faite à la pénétration très fine de ces sages. Je suis fasciné par le visage des nouveau-nés, mais en même temps je n'arrive pas à les atteindre. Cet espace de vingt centimètres qu'il y a entre mon visage et le leur est infranchissable, comme la distance entre une étoile et la planète Terre. Il est très difficile de soutenir leur regard, car dedans le faux naturel n'existe pas. Leur regard vient du bout du monde et va au bout du monde, et nous sommes pris dans le court-circuit. Tout leur corps est rassemblé comme une pensée dans leur tête qui est elle-même résumée dans les yeux, lesquels sont toujours bleus au début. Deux petites notes de ciel bleu. Le bébé a un grand étonnement de tout ce qui vient vers lui. Il est ravi par le jeu d'un feuillage comme par une fête milliardaire. Il laisse volontiers venir le rire. Quand un tout-petit rit, c'est toute sa personne qui est secouée comme un grelot. Son regard pétille, comme si on avait versé dans ses yeux une minuscule coupe de champagne.

*

Les mères sont trop proches pour voir le lointain étoilé qui baigne le visage de l'enfant. Je crois que j'ai gardé une partie de ce regard du nouveau-né, et je le retrouve dans l'écriture. J'ai causé l'autre jour avec un bébé. Il avait les tout petits sourcils froncés de la pensée qui ridaient son front comme de l'eau. Ses petites mains, affairées autour des lacets de ses chaussures, étaient aussi belles qu'un moineau. Ses doigts minuscules avec des ongles légers comme de tout petits pétales de fleurs, environnés par l'immensité du cosmos, le tout petit escargot de ses lèvres, et ce regard limpide parfois zébré par la gravité d'une pensée. Les bébés sont à la fois dans le jeu et dans la pensée la plus insoutenable. C'est étrange qu'ils viennent nous donner des nouvelles des étoiles et qu'ils puissent s'amuser avec un petit bout de ruban qui dépasse de leur couffin. Les nouveau-nés sont des êtres qui font front, comme dans une guerre. C'est peut-être pour ça qu'ils me bouleversent plus que n'importe quelle œuvre d'art.

*

Pascal dit qu'il ne croit qu'à la parole de ceux qui se sont fait égorger. Il y a des zones de solitude qui confirment la vérité qui s'y énonce : on ne doute pas de la parole de quelqu'un qui a été torturé ou d'une femme qui a perdu son enfant. On ne doute pas non plus du sourire d'un nouveau-né. J'accorde plus de foi à une parole déchirée et tâtonnante ou au babillage d'un nouveau-né qu'à un dogme. Pour la même raison, je n'arrivais pas à être présent à ce qui m'était enseigné. J'étais plus présent dans les choses matérielles. J'ai trouvé une vérité au fond des berceaux et dans les hôpitaux où j'ai parfois travaillé, mais dans les cénacles d'intellectuels je n'en ai trouvé aucune. La présence vive de la personne, avec ses ombres et ses failles, c'est pour moi un jour de fête. L'absence mortelle de la personne, c'est le règne de la pensée bourgeoise. Les bourgeois sont les maîtres de l'implicite. J'irai dans mon cercueil sans avoir lu Joyce, parce que j'ai des choses plus vivantes à faire.

*

Je crois que par l'esprit comme par l'intelligence analytique on peut collaborer avec le monde. Mais entre le cœur et le monde, c'est une lutte à mort. C'est pourquoi le cœur est la chose la plus dure du monde, contrairement à l'opinion courante qui dit que le cœur est tendre. Je pense qu'il faut avoir le cœur très ferme pour que le monde n'y entre pas, car s'il y entre, c'est terminé. Personne n'a jamais eu le cœur plus dur que le Christ. Le Christ peut rayer le monde avec son cœur, parce que celui-ci a la dureté du diamant, mais l'inverse n'est pas vrai : la vitre du monde ne peut rien contre la dureté du cœur du Christ. Si elle s'y oppose, elle se brise. Si le cœur n'était pas aussi dur, il aurait disparu depuis longtemps parce qu'il est tout petit. Comment le monde pourrait-il reconnaître ce qui est tout petit ? C'est toujours le plus petit qui nous sauve. Moi, j'ai très peu de choses au fond de ma poche : un ou deux sourires, deux ou trois phrases glanées dans quelques livres. J'ai une petite boîte avec moi, qui n'existe pas mais ne me quitte jamais. Elle ressemble à ces petites boîtes dans lesquelles les enfants s'amusent à mettre des perles. Dedans, j'ai mis quelques sourires, et parfois je les regarde et ils sont aussi beaux et neufs qu'autrefois. C'est l'amour qui est dans cette petite boîte. Ce qui existe de manière plus forte que le monde entier. Je peux tout perdre mais pas ça. Quand je l'ouvre, je retrouve le vrai sens, la vraie direction, l'unique certitude que je peux avoir. C'est quelque chose de minuscule mais d'indestructible. Je n'ouvre pas souvent cette petite boîte. Je ne l'ouvre que de temps en temps, pour que rien ne s'évente, mais le regard que j'y jette a cette durée très longue des éclairs et j'en ramène un sentiment d'éternité.

*

J'ai toujours attendu que quelque chose sauve la vie. J'ai toujours été étonné, quand un livre me brûlait les mains, de voir que d'autres pouvaient en parler calmement, et que cela ne faisait que les rasseoir dans leur propre vie éteinte. Quand on leur amène leur propre cœur dans des mains blanches et que les gens n'en veulent pas, il n'y a plus rien à espérer pour eux. Par l'amour, c'est comme si j'avais été mis une fois pour toutes en haut d'un arbre, à l'abri de tous les dangers. Quelqu'un m'a aimé : par cet amour j'ai été sauvé de ma vie et du monde. Il m'a semblé que c'était cette lumière que je cherchais enfant. Tout d'un coup, quelqu'un rassemble toutes ces lumières et me les donne. C'est comme si je posais ma main sur le cœur nu de la vie. Je suis prêt à ce que tous mes livres disparaissent, et même le prochain, sauf cette phrase : « La certitude d'avoir été un jour, ne serait-ce qu'une fois, aimé, et c'est l'envol *définitif* du cœur dans la lumière. » Il est possible que tout me soit enlevé, mais cette phrase-là est écrite en moi autant que dans mes livres.

⋆

Dès qu'on parle du cœur, tous les faux prophètes se lèvent et amènent leur bienveillance et leur bonté. L'amour clamé, le bien affiché, c'est toujours pour farder quelque chose de terrible. Dans mon cas, ce que j'ai voulu un temps comprimer, c'était ma tristesse qui menaçait d'exploser comme une grenade. J'ai longtemps habité « 2, rue de l'Inquiétude », j'ai toujours su, ou plutôt senti, que très peu nous sépare du pire et très peu du paradis. Enfant, j'ai été séduit par l'image des jeunes patineurs sur glace : l'ivresse d'aller avec légèreté au-dessus de quelque chose de dangereux. C'est la même idée que dans l'histoire du petit Hans : l'idée d'une très mince cloison entre nous et un invisible dont on ne sait pas s'il est secourable ou non.

*

Dans les plus grands livres, c'est le ciel qui roule dans le langage, comme un orage. Mais il est très difficile de savoir si on aime vraiment le Christ quand on a été entouré de cette culture-là. Il faudrait tout remettre à l'épreuve pour savoir si notre amour pour lui est vrai. J'aurais aimé que personne ne me parle du Christ pour pouvoir le découvrir à neuf dans les Évangiles. De la même façon, il y aura toujours quelque chose qui me manquera parce que je sais lire : je ne verrai plus jamais le monde comme le verrait un illettré. Il y a quelqu'un qui a cet alliage christique de fermeté et de douceur, c'est Simone Weil. Il suffit d'avoir un cœur pour être entier, mais on peut avoir l'intelligence, la richesse, les connaissances, la beauté, et être en morceaux. Il y a une photographie de Simone Weil où elle a les épaules nues et sur laquelle elle est très belle. Sur les autres photographies, on ne retrouve plus cette beauté. Elle a éteint elle-même les feux de sa beauté par intelligence. Elle n'a pas voulu tromper avec son charme pourtant naturel. C'est l'effet de la vérité. La vérité chez elle entre partout : c'est par amour de la vérité qu'elle enlevait ce que la nature lui avait donné de rusé pour attirer. Je trouve ça magnifique. On donne presque toujours à la beauté un visage trompeur, égarant. En sacrifiant l'éclat de sa beauté physique, elle est allée de manière précipitée vers la beauté de l'amour. Elle est sortie du commerce des corps, elle s'est enlevée elle-même de la place peu enviable d'être désirée. En se laissant mourir de privations, elle a réalisé pleinement cette pensée qui était la sienne et qui l'unissait à l'absolu : « Aimer comme une émeraude est verte. »

*

Ce qui me bouleverse dans la maternité, c'est qu'elle est le lieu de l'abnégation : quelqu'un d'extrêmement puissant va verser toute sa puissance au service du plus faible. L'amour est la chose la plus terrible. C'est comme faire du bouche-à-bouche avec Dieu, comme ranimer quelque chose dans l'invisible. C'est surnaturel d'aimer, c'est une expérience mystique ou ce n'est rien. C'est une mystique qui peut être donnée à une petite paysanne comme à un grand théologien. Hier, j'ai vu une femme penchée sur un couffin. Elle parlait à son enfant à voix basse et c'était magnifique. C'était comme une ruche pareille à une petite chapelle grecque toute blanche, avec les mots si beaux qui bourdonnaient juste au-dessus de la coupole du silence. La parole d'amour bâtit toujours comme un petit couvent à l'intérieur duquel la conversation infinie a lieu.

*

Le cœur, c'est ce qui reste des vivants après leur mort, ce qu'elle ne parvient pas à dissoudre, ce qui résiste à toutes les corruptions. C'est la souche et la racine de l'existence et tout le monde le sait. Même le cynique le plus confortablement installé dans cette société le sait. Même un milliardaire fou et stupide qui peut tout s'acheter, il n'y a que quelques objets auxquels il tient vraiment et ce sont des misères. Dans les moments de déréliction, il va demander du secours à trois fois rien. Ce qui est bouleversant, c'est qu'un enfant va demander du secours à un ours en peluche, qu'un milliardaire va emporter avec lui à l'hôpital pour mourir un objet misérable qui lui apportera un réconfort, parce qu'il lui aura été offert par quelqu'un de cher. Dans les moments critiques les valeurs se renversent. La vérité apparaît à la faveur d'un malheur. Au fond, on ne possède que très peu de choses réelles et qui peuvent nous consoler. Je suis persuadé que, si les gens savaient réellement qu'ils allaient mourir, ils nous inviteraient chez eux pour manger. Ils parleraient à des inconnus, ouvriraient leur porte à des étrangers, partageraient avec eux paroles et nourriture : dans l'âme de celui qui vient d'accueillir la nouvelle de sa mort imminente (et notre mort est toujours imminente), le prestige de la société diminue et une vraie intelligence grandit. Un jour, je suis allé à Paris pour rendre visite à une très lointaine parente qui était en train de mourir. C'était quelqu'un qui avait été ligoté dans une vie étroite et avare et bien dépourvue de magie. Je vais la voir à l'hôpital où elle se trouve. Elle me reconnaît, et je vois avec certitude qu'elle n'a plus qu'une pincée de jours à vivre. Elle me parle la première et me demande des nouvelles des gens du Creusot. Et ça m'a fait sourire, parce que j'ai trouvé cette parole fabuleuse, ce souci des autres qui l'a prise pendant quelques secondes. Et, à cette heure, je n'en suis toujours pas revenu. Le cœur, c'est une intelligence qui peut venir même aux imbéciles.

⋆

L'amour, c'est quand toute la limaille de notre pensée est précipitée vers le cœur de l'autre comme vers un aimant. Quand j'aime je suis dans ma propre vie comme dans une histoire à l'intérieur de laquelle j'aurais tout à coup disparu : c'est l'autre qui requiert toute mon attention. Je me trouve devant la bonté comme devant les hiéroglyphes avant la venue de Champollion. Je suis affamé de bonté. Or, la bonté est ainsi faite que plus on en a moins on en a. C'est elle que j'espère déchiffrer sur les visages. Un visage vraiment humain, c'est à la fois le plus beau papier et la plus belle écriture du monde : je ne fais en écrivant que recopier ce qui y est écrit. Mais certains visages sont parfois terribles à découvrir : on ne va pas impunément dans le monde ou dans le ciel. Une vie de débauche se lit toujours sur les traits de la personne, comme une sorte de cire, de patine affreuse, tandis qu'une vie irriguée par une force spirituelle donne au visage une sorte de transparence et de lumière sèche. On porte son visage comme un livre : l'image (le corps) est sur la page de gauche, et le texte (l'âme) sur la page de droite. Ils font partie tous les deux du même livre avec le même titre. Si on a été enfant sur cette terre, si on a eu au cœur une espérance que rien ne pouvait déraciner, comme une petite fille qui est si heureuse qu'elle a son cœur dans ses yeux, comme de l'eau qui saute d'un seau, ne serait-ce qu'en contemplant l'éclat d'un œil de chat ou d'une bille, alors on a aperçu même de très loin cet invisible dont certains écrivains parviennent à s'approcher. Tout, sur cette terre, est décidé par les gens, mais la bonté n'est là que quand la personne accepte de s'effacer. Voilà pourquoi je ne m'intéresse pas aux chefs-d'œuvre de la peinture ou de la littérature. Moi, j'aime bien prendre ce que les autres laissent. Comme cette phrase de William Blake : « Il n'y a rien de plus grand que de laisser quelqu'un passer devant soi. » Il s'agit de ramener dans ce monde l'air qui lui manque en s'oubliant pour l'autre. À la naissance, Dieu nous met dans la main une petite corde. Pour certains, cette corde est en coton, pour d'autres en laine, pour d'autres en or. Quand cette corde est coupée par les ciseaux de la maladie, si c'est un brin de laine on est vraiment perdu. La corde de Rumi est tout en rubis et elle illumine tous ses entours. Elle est d'une fragilité incroyable mais elle est absolument incassable. La bonté est de même nature. La bonté, c'est comme trouver un diamant dans de la verroterie : c'est incompréhensible. C'est impossible de savoir d'où elle vient, elle tombe du ciel, et c'est cela qui est mystérieux. La bonté est irrémédiable autant qu'un crime : elle modifie tout, même la nature du temps. C'est la rencontre de quelqu'un qui est parfaitement vivant. Parfois, j'ai vu quelqu'un se tenir au milieu de la vie comme dans la bonté. Parfois, quelqu'un se trouve là juste au moment où les Gloires tombent du ciel : elles tombent sur lui et c'est un miracle.

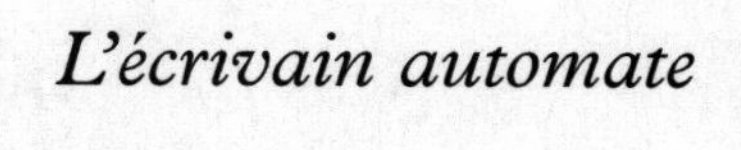

L'écrivain automate

Lorsque j'avais dix-huit, vingt ans, je m'achetais des automates. J'avais un ours qui tricotait, un cheval blanc très beau qui se cabrait, un Chinois qui mangeait du riz. Ce n'était pas une collection, parce que je n'ai jamais rien collectionné. Je les faisais fonctionner de loin en loin, rêveusement. J'en avais un que j'aimais particulièrement, c'était un ours qui inclinait sa grosse tête pour fumer sa pipe. Ces automates, c'était le rêve d'une perfection extrêmement élémentaire : je tricote au paradis comme en enfer et jusqu'à la fin des temps, je me cabre au paradis comme en enfer et jusqu'à la fin des temps, et ainsi de suite. C'était comme une sortie du temps et il y avait un charme. Pas une grâce, un charme, parce que la grâce c'est justement de n'être jamais dans la répétition. C'était fascinant et apaisant : le désir que rien ne change, que tout soit éternel. J'avais six ou sept ans quand j'ai vu mon premier automate. Une quinzaine de jours avant et après la merveille inévitable de Noël, dans le transept gauche de l'église, il y avait une crèche. J'ai eu l'étonnement de voir un ange, qui semblait être en plâtre articulé. Il était au bord de la crèche, un peu en avant, et il faisait une seule chose : il bougeait la tête de bas en haut pour dire merci, à condition que, dans ses mains tendues, on ait d'abord déposé une pièce. C'est le poids de la pièce qui déclenchait le mécanisme. C'était la première fois que je voyais ça. C'était comme un petit paradoxe animé, car c'était impossible qu'un ange ait fait une école de commerce et aimât l'argent. Un prêtre a rarement assez de talent pour faire rêver un jeune garçon, mais cet ange-là m'a fait rêver. Il m'a ouvert à l'univers des automates. Cette petite population fragile avec une clef dans le dos a aujourd'hui disparu, elle a été remplacée par la hideur des jeux électroniques, et je me demande si les personnes qui s'y adonnent ne sont pas semblables à ces figurines dont on remonte le ressort, mais du coup ce n'est plus drôle du tout. Enfant, j'ai lu aussi une bande dessinée dont l'histoire était celle d'une jeune fille automate. Il y avait un château, la nuit, et quelque chose de glacé, comme une lune. La nuit est le royaume des automates : ils vont sous une lune à laquelle ne succédera jamais aucun soleil. Cette jeune fille, au cœur rempli de roues dentelées, apparaissait à deux jeunes garçons, eux, bien vivants, lors de leur visite nocturne d'un château. Elle s'avançait alors vers eux, bras mécaniquement tendus, et elle les dépassait sans les voir bien sûr, enclose dans l'enfer de sa marche éternelle, et continuait bêtement sans s'arrêter. Ça faisait naître en moi des rêveries bizarres. Il suffirait de pousser ça avec un tout petit ongle de bébé, et ça ferait un très beau conte.

⋆

Ce n'est que depuis deux ou trois ans que je m'aperçois que j'ai longtemps eu la tentation de vivre une vie semblable : une vie dans laquelle le vivant n'entrerait pas, parce que chaque geste serait parfait. Si je m'appuie sur ces albums de bandes dessinées qui sont avec les contes mes premières lectures, et qui sont aussi comme des vitres coloriées, je suis à nouveau captivé. Ce qui m'a tellement enchanté dans l'album qui s'appelait « Le mystère d'Étrangeval », c'était la distinction presque effacée entre les automates et les vivants. Cela créait aussi une petite peur, mais une toute petite peur de dentelle. Parmi ces personnages, il y en avait un en particulier qui retenait mon attention, c'était un automate écrivain. Tous les écrivains qui ont un bureau et des horaires, mais aussi tous ceux qui se croient les maîtres de leurs phrases ont une petite clef dans le dos. Ils sont remontés régulièrement par leurs lecteurs, et ils refont indéfiniment le même livre. Moi aussi j'ai pu avoir une clef dans le dos. J'ai longtemps écrit sans prendre l'écriture au sérieux, de peur de me prendre moi-même au sérieux. J'avais compris assez vite comment avec le succès de mes livres je pouvais devenir riche et mort. J'ai voulu échapper en me rendant le plus léger possible : c'était une autre façon de tomber dans le piège. Mon écriture a d'abord eu la profondeur de l'inconscient, ensuite elle a glissé à la surface des choses, et je suis entré dans la catégorie du lisse. Il y a une catégorie du lisse, et c'est bien plus grave que d'être bête, c'est bien plus désespérant que tout. Pendant quelques années, l'eau de mon écriture a été coupée par le mauvais vin du monde, mais malgré cela il n'y avait pas un atome de mon sang, rouge ou blanc, qui n'acquiesçait pas à ce que j'écrivais, à la lumière que je voyais. À force d'être caressées, mes phrases ont perdu leur éclat, malgré la vigilance que je croyais avoir, puisque j'étais persuadé d'être vigilant. La mort de mon père, des suites de la maladie d'Alzheimer, m'a réveillé. Je me suis cogné très fortement au réel et mes yeux se sont ouverts. La douleur était trop grande. Qu'un père puisse ne plus savoir s'il a eu des enfants ou pas me tétanise. Après la disparition de mon père je suis pétrifié. Je ne sais plus marcher. Je ne peux plus déformer ce que je vois, parce que ce que j'ai vu m'a atteint. À partir de là, je ne peux plus choisir de voir telle ou telle chose : le réel s'impose à moi, et ça, c'est une libération. C'est étrange à dire, mais c'est à cinquante ans que je peux faire mes premiers pas. Le ciel est parfois d'une couleur terrible. Maintenant, grâce à ça, je vois tous les ciels, je les prends tous. Et j'écris aussi contre mes propres habitudes d'écrire. Il y a un critère de la vérité, c'est qu'elle vous change : ça bouleverse comme un amour, la vérité. Il ne faut pourtant pas parler trop vite. Je suis en fait en train d'apprendre à voir. C'est comme une seconde naissance. Il me faut presque réapprendre l'alphabet, apprendre à tracer les lettres. Maintenant, c'est comme si la page appelait elle-même les mots. Il faut que j'attende que toutes les phrases soient venues, et ça peut prendre très longtemps. Si une seule phrase vient de toute la semaine, je suis content parce que cela veut dire que j'ai bien travaillé. Je ne veux plus écrire une seule phrase dont je ne pourrais pas répondre.

*

La plupart des écrivains se compliquent la tâche. L'écriture n'est jamais si précise et si juste que lorsqu'elle n'est plus séparable du courant incessamment modifié de la vie. Les enfants aiment bien, avec une petite fortune de cailloux, contrarier l'humeur d'un cours d'eau. Cette activité-là a du charme, et beaucoup d'écrivains se contentent de ça, et ce n'est déjà pas mal, parce qu'on entend le bruit de l'eau. Mais ma découverte, au fond, c'est qu'on peut devenir le cours d'eau lui-même, non un petit jeu localisé qui risque d'être répétitif. C'est une vraie découverte : l'écriture est immédiatement là, sans effort, sans volonté non plus et toujours changeante. Au lieu d'inventer des courants à soi, ce qui coule dans les phrases, c'est la liberté de l'eau elle-même.

*

Au début de l'automatisme, il y a le rêve d'une justesse : un automate fait toujours quelques gestes identiques mais en même temps qu'il est réalisé il est mort. C'est un retour de la merveille et donc la fin de la merveille. Il n'y a plus que le mécanisme dentelé du retour, harassant et sans grâce. L'automate en tant que figure du psychique, ce serait quelqu'un qui se bloque dans la perfection d'une seule chose. C'est aussi quelqu'un qui veut posséder ce qui lui arrive. Un geste à quoi rien ne manque peut arriver à n'importe qui, mais vouloir en faire le fondement de toute sa vie, c'est se vouer au destin mortifère des automates. La tentation, pour un écrivain, c'est de bâtir un barrage contre l'eau ou contre le vent. Il y a quelque chose d'enfermé chez beaucoup d'écrivains, dont certains de mes livres ne sont pas exempts. On sait que le vent est terrible, mais il n'y a pas non plus de plus grande douceur. Il y a quelque chose qui entrave même les meilleurs écrivains, et cette entrave on peut la faire sauter. Je l'entrevois en lisant Dhôtel. Tout en se ressemblant ses livres sont tous uniques et ils ont ce chant de la rivière qui se renouvelle, qui prend soin et qui se moque en même temps des lumières qu'elle lave, parce que son seul goût est d'aller vers plus grand qu'elle comme on sait que vont les rivières. Ses livres font le bruit que fait une rivière si je m'assieds à son bord pour n'y pêcher aucun poisson, désencombré de toute volonté. C'est cette crispation de la volonté qui va nous mettre dans l'automatisme. Il faudrait être comme un pêcheur qui ne pêcherait pas. L'eau est une ambassadrice de la vie, la vie qui passe, imprévue à elle-même, et dont le passage éclaire et bouleverse tout. Avant, j'étais ignorant, mais maintenant je vais vers une autre forme d'ignorance, qui est une ignorance consciente. Le seul fait de vouloir faire un livre empêche d'écrire comme il faudrait.

*

À l'époque où les petits marquis du surréalisme triomphaient avec les faux miracles de l'écriture automatique, Armand Robin avait des paroles très dures de colère. Celles-ci avaient le cinglant des baguettes d'arbres qu'on laisse fouetter l'air après notre passage. Il était cent fois plus engagé que ces gens-là. Son écriture est une branche très saine du mysticisme où les bourgeons éclatent. Ses phrases filent comme des couteaux dans l'air. On dirait qu'il a œuvré avec rage à son propre effacement, mais sans dolorisme et sans masochisme. Il y a en lui quelque chose de christique. Peut-être que personne n'a vu la lumière du Christ autant que ses bourreaux, parce qu'elle a fait en eux monter leur ombre. Elle leur a été intolérable, parce qu'elle les renvoyait à leur propre médiocrité. Voilà pourquoi ils l'ont tué, pourquoi aussi ils ont tué Armand Robin.

*

La littérature, c'est un poulailler. C'est toujours un bruit de poules qu'on entend quand on ouvre un livre, même si chacune a un brin de singularité, sans quoi le fermier pourrait se perdre. Mais j'ai vu un jour qu'il existait aussi des oiseaux de paradis qui chantent de façon unique. C'est très dur d'avoir vingt ans, mais la seule grâce, c'est qu'après s'être trompé et être sorti de l'imitation, on peut trouver sa propre voix, celle qui, quand on mourra, manquera pour les siècles des siècles, ce que chacun a d'unique, de fait main par Dieu. Quand on pense que ça va être coulé en terre, c'est plus grave que de perdre tous les diamants du monde. Trouver sa voix est beaucoup plus difficile qu'on ne croit. Ce qui fait grandir, c'est cette voix-là, quand elle est tenue. L'entendre suffit pour disqualifier une grande partie de ce qui se publie et qui a un ton lâche par veulerie, par séduction, ou par un affreux mélange des deux. Pour moi, violence et douceur ne sont pas séparables. Rien n'est plus tendre que la patte d'un chat, mais un chat sans griffes n'est plus un chat. La fermeté, voilà ce qui me plaît chez quelqu'un : une autorité bonne et délivrante. Le moindre bleuet a une parole intraitable, la parole d'Emily Dickinson est coupante comme un brin d'herbe. À vingt ans, je cherchais à occuper un temps qui me paraissait plus grand qu'un désert de sable, et j'essayais de faire de mon cœur une étoile. Je cherchais mon âme, c'est-à-dire cette lumière que chacun doit donner avant de mourir. La plupart aspirent à la gloire, mais quand on a vu l'autre lumière on voit que la première n'est rien. La vraie lumière est comme des roses qui ne vont jamais mourir et qui vont donner leur parfum jusqu'à la fin des temps.

*

Il est impossible de reconnaître une grandeur réelle sans connaître aussitôt notre propre indignité. Nous préférons construire de fausses gloires (des petits dieux en toc) qui ne toucheront pas aux ombres que nous avons dans le cœur. Un livre d'André Dhôtel peut envoyer son lecteur sur les routes, à la recherche d'une lumière sauvage, mais *Madame Bovary* enfonce son lecteur dans un profond fauteuil de sieste culturelle. Flaubert est incomparablement plus connu et plus estimé que Dhôtel. Pourtant, qu'est-ce qui est le plus grand, sinon ce qui nous met en mouvement vers de grandes choses ? Les livres de Flaubert n'ont jamais changé la vie de personne, mais on n'a pas le droit de le dire. J'ai mis longtemps à ouvrir les yeux, mais sitôt qu'on est vraiment réveillé, on ne peut plus se rendormir. C'est comme une veille inouïe que l'on ferait pendant que le monde dort. Un exemple : par ma fenêtre, je peux voir un vieux tilleul, et, en quelques secondes, il se passe quelque chose qui est beaucoup plus qu'un spectacle : le tilleul me montre un chatoiement d'étoffes comme un couturier fou ne pourrait pas en montrer aux plus belles femmes du monde. C'est pour moi, et en même temps ce n'est pas pour moi, et c'est encore plus fabuleux que si cela l'était.

*

Voir un vrai visage, c'est voir quelqu'un qui a vu quelque chose de plus grand que lui. C'est rare aujourd'hui, parce qu'on est dans des temps de basses eaux où il paraît curieux de reconnaître quelque chose de plus grand que soi. C'est pour ça que j'aime tant les fleurs qui immédiatement me parlent d'autre chose que d'elles-mêmes : de la lumière, de la mort, des couleurs, etc. Et c'est pareil pour les oiseaux, qui me parlent du printemps ainsi que du ciel qui se couvre. Par les yeux, je fais et je défais des broderies sans arrêt : les oiseaux me parlent des morts qui me parlent des vivants qui me parlent des fleurs. Ce qui me parle n'arrête pas de m'amener plus loin par petits bonds comme par ricochet. Parce que je ne veux pas mourir, je cherche ce qui est vivant. Ainsi, par la pensée et par les yeux, je m'éprouve nomade, gitan. J'ai fait mon deuil de la chose elle-même : il me semble avoir compris qu'on ne peut attraper que son reflet. Penser, c'est regarder au fond d'un puits et y laisser filer un seau relié à une chaîne, et avoir le plaisir de le ramener plein à ras bord d'une eau noire où se reflètent toutes les étoiles. J'aimerais beaucoup partager ce que je vois, mais je le vois seulement parce que ça m'a coûté de le voir, et ce coût, il faut que les autres en fassent aussi l'expérience. Le chemin est à faire pour chacun. Malheureusement, on ne peut amener l'autre à un degré de plus de vérité s'il n'en a pas déjà le pressentiment. Évidemment, si je vois un agneau qui met son petit costume blanc et ses petits souliers vernis, et qui va chez le boucher avec une pâquerette entre les dents en croyant que c'est son ami, si je peux faire quelque chose pour l'en empêcher, je le fais. La vie vivante est assiégée de toutes parts. Il ne faut jamais oublier que chaque jour est une guerre totale à mener contre le monde.

*

Écrire est une drôle d'expérience : il faut mourir mille fois pour retrouver la fraîcheur des violettes qu'on avait au départ. On pourrait même en rire : tout nous est donné au départ, mais il faut faire les travaux les plus épuisants pour retrouver une simplicité première. Cette première simplicité part comme le visage de l'enfance se modifie, parce qu'elle est seulement naturelle. Elle vient une première fois et puis elle est perdue, et il faut beaucoup de travail pour la retrouver. Les papiers découpés de Matisse sont très proches des dessins d'enfants, et en même temps on ne peut pas les confondre. Il faut toute une vie pour retrouver une fraîcheur qui en devient surnaturelle. L'acuité, la bienveillance et la tension du regard sont les mêmes chez un enfant et chez un vieux génie. Dans les yeux tout ronds des tout-petits, il y a une confiance qui n'est pas encore entamée, et c'est ça qui roule sans arrêt, c'est ça qu'on peut retrouver chez un homme très âgé, tremblant et à moitié aveugle, et c'est miraculeux de le retrouver. On peut comprendre qu'un tout-petit ait confiance parce qu'il n'a jamais été trahi, mais que la même confiance folle roule à nouveau dans les yeux d'un vieillard est le même mystère devenu abyssal. Ce qui scintille dans ces regards, c'est la croyance que tout est possible, même l'impossible, c'est-à-dire la bonté. Cela me donne la même émotion que devant une fleur toute fraîche qui va candidement vers la mort. C'est comme si, dans la confiance qu'on peut trouver dans un regard âgé, la vie contredisait ce qu'elle nous avait appris de la trahison et du malheur, comme si elle nous disait : « Tu vois, ce n'était pas inévitable, que je me perde. » Il y a une eau fraîche et chantante dans les yeux des nouveau-nés, et c'est très étonnant de voir que quelqu'un est parvenu à traverser toute sa vie en transportant un peu d'eau dans ses mains jointes sans en perdre la moindre goutte. C'est comme dans un conte. J'ai vu deux ou trois visages comme ça dans ma vie, et c'est déjà énorme : cela suffit pour que, malgré l'immensité du malheur, l'espérance soit intacte.

*

Un homme qui dort, et presque tous les hommes dorment, est riche de son sommeil. Si la grâce lui ouvre durement les yeux, il ne verra d'abord que l'étendue de ses pertes. S'il l'accepte, ce sera pour lui une vraie joie — même si cette joie peut sembler folle. Il y a une bonne et une mauvaise folie, mais tant que je serai vivant je sais que ma parole sera folle. Il faudrait un Fabre en littérature, pour dénombrer toutes les espèces de folies littéraires. Voyez Maître Eckhart : si j'entre dans le moulin de sa pensée, j'en ressors tout blanc de farine de la tête aux pieds. Mais ça ne me dérange pas, car c'est une sainte folie, qui nous délivre du carcan des certitudes et de la volonté. Mais la folie de Proust, de Balzac ou de Flaubert, c'est de se croire et de se vouloir les maîtres de leur écriture. C'est un esprit de sérieux qui les fait se prendre pour des écrivains. Dans leur œuvre, aucune place n'est laissée au hasard, tout est calculé. Nous sommes tous fous, je veux bien en convenir, mais le pire c'est quand il n'y a plus de fantaisie. Un homme très sérieux m'a dit un jour, comme en se parlant à lui-même, se souvenir encore de l'extrême douceur et du confort de son landau ! Cette pensée était comme un bel oiseau échappé du donjon de son âme fermé depuis des siècles. Il est très difficile d'être absolument soi-même. Jean Genet, qui fut admiré même de Jean Follain, n'a pas su respecter son âme et a fini par se fourvoyer dans l'esthétisme. Certaines pages de son dernier livre, *Un captif amoureux*, ont une préciosité monstrueuse, mais à d'autres moments il se débarrasse de l'esthétisme comme d'un coup de reins. Si on est un peu sensible, on sent bien que Genet a un cœur d'ours en peluche et qu'il s'est efforcé de cacher sa bonté : c'est comme cela qu'il s'est égaré dans l'esthétisme. Ce que recherchent les gens en lisant ses livres, c'est cette exaltation de l'extrême et du mal que cultivent ceux qui passent leur vie dans un fauteuil. Les esthètes sont les derniers à connaître la beauté. Moi, je ne peux pas en être le spectateur immobile. Si la beauté m'accueille, je suis englouti, je fais masse avec elle : cela soulève le cœur, comme un mouton qu'un berger prendrait tout à coup dans ses bras.

⋆

Je ne me force jamais à écrire : on ne va pas tirer les fleurs par les cheveux pour les faire pousser. J'écris seulement si quelque chose me coule du cœur jusqu'aux mains. Dans le meilleur des cas je travaille, mais simplement comme une fleur travaille, ni plus ni moins. Parfois je mobilise toute mon attention pour tout maîtriser et je rate, mais à d'autres moments, je réussis tout sans regarder comment je pose le pied sur le fil, comme un funambule qui a les yeux fermés. Quelquefois, mes phrases prennent mes mains pour s'écrire, simplement, sans histoires : alors j'improvise. L'improvisation, c'est beau. C'est comme attraper l'éternel par les cheveux. On prend le ciel et on le coud à la terre. C'est ce que fait Dinu Lipatti. Quand il joue, on voit la neige fraîche quand la lumière de la lune vient s'y briser. Quand il joue « Que ma joie demeure », il atteint une profondeur de simplicité magnifique. La musique s'ouvre sous ses doigts comme une rose. Il arrive à faire chanter à la fois la neige, la lune et la vie. Le fil c'est le cœur, les notes sont les perles. Glenn Gould fait tomber les perles du collier des notes dans un désastre glacé, mais Lipatti joue avec le cœur. Ça fait un collier inaltérable. Il est si beau qu'il pourrait même aller à la Sainte Vierge, qui pourtant ne porte pas de bijoux.

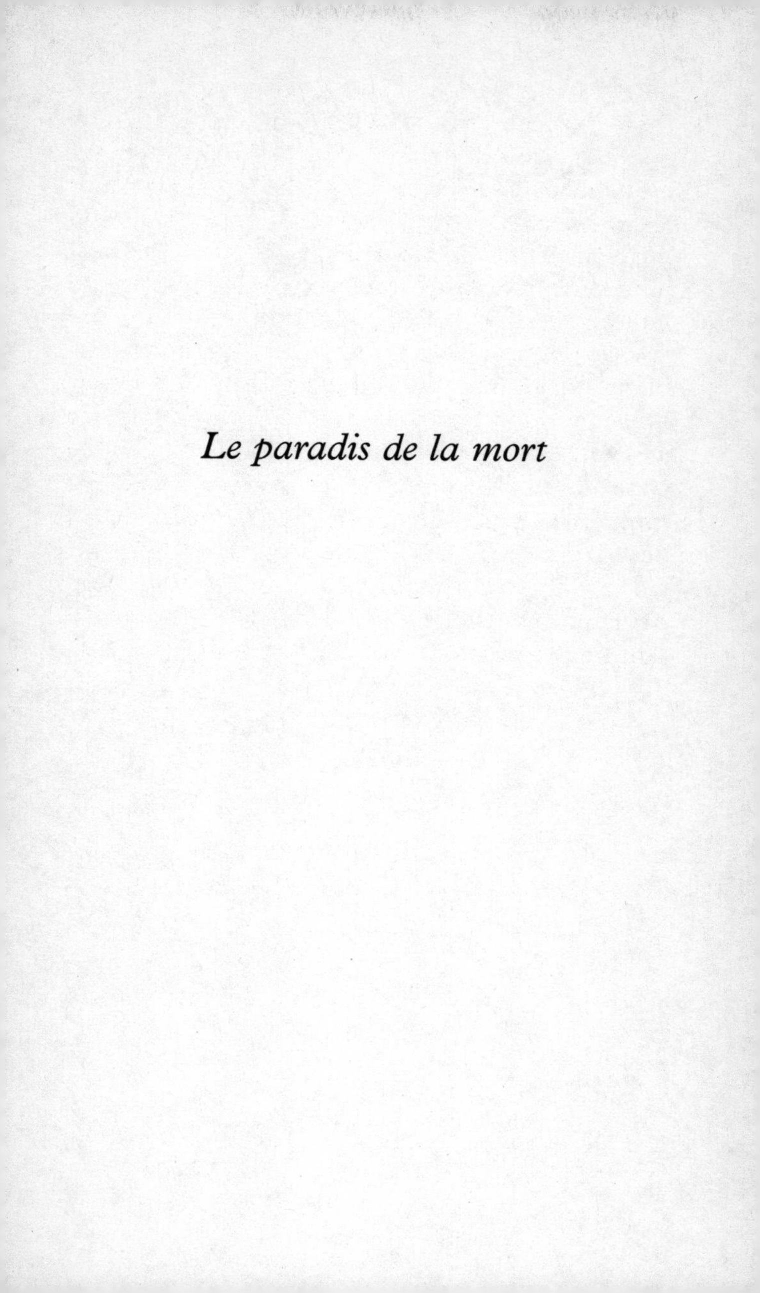

Le paradis de la mort

Il y a quelque chose que je ne peux pas oublier, et je ne sais pas ce que c'est. C'est cette chose-là que j'espère retrouver quand je mourrai. La fin de notre vie ne coïncide pas forcément avec le jour de notre mort : pour certains, elle vient bien avant, mais pour celui qui est vraiment vivant, elle ne vient peut-être jamais. Je ne désespère jamais, parce que j'ai toute confiance en la mort. J'ai en effet une confiance en la vie qui va jusqu'à cet extrême-là. La mort, qui est du temps, ne peut pas toucher quelque chose qui n'est pas du temps, mais il faut faire un effort énorme pour le voir. Il y a quelque chose qui se maintient malgré la mort. Cette chose est comme une joie irrépressible, une joie sans cause qui me parle de Dieu et de son absence, une lumière qui reste, comme une fleur qui n'aurait besoin du support d'aucune tige. Il y a la douleur du deuil, mais il y a aussi une douceur énorme de la pensée des morts.

Pour moi, les morts ont pris le meilleur de la vie et ils s'en nourrissent sans fin. Je crois que les morts savent quelque chose en regard de quoi nous sommes analphabètes. Si les morts ne reviennent pas, c'est peut-être parce qu'ils ont trouvé une merveille plus grande que toute leur vie passée. Je vois les morts comme délivrés de tout souci et préoccupés sans fin par une pensée d'une beauté incroyable. La vie passe son temps à couper cette pensée magnifique qui va du cœur au cœur. Elle est obscurcie sans arrêt, et puis ensuite elle reprend. Je n'ai pas le sentiment du néant : pourquoi devrais-je me gêner pour le dire, si je ressens les choses ainsi ? J'ai vu peu de choses dans cette vie, mais le peu que j'ai vu, je ne m'en remettrai jamais. L'exactitude affolante d'une phrase ou la bonté d'un visage, c'est du réel tellement fort que c'est dans la foulée de ça que j'écris. Alors, je fais le point sur une feuille de cerisier ou sur le rire d'un tout-petit.

*

Il y a plus fort que le malheur, c'est l'espérance. L'espérance, c'est simplement la pensée rafraîchissante qu'il existe autre chose que ce monde. Autrefois, le ciel imprégnait tout : les coutumes, les métiers. Il se déposait même dans les plis des tabliers et sous les souliers des paysans. L'air était comme irrigué en permanence par un flux d'anges. Il y avait quelque chose de l'invisible qui faisait un va-et-vient entre les vivants et les morts. Avec l'effacement du ciel, c'est cela qui est parti. En regardant les tableaux de Van Gogh, je me suis demandé si, en n'ayant pas d'autre conscience que celle de ses doigts et de sa vue, il n'avait pas assisté à cette agonie d'un monde où l'air était encore irradié par cette espérance. Les paysans de Van Gogh, quand ils sont ressuscités à grands et à petits coups de crayon, ont partie liée avec la terre de façon si juste que cela a rapport avec le ciel. Si on pense au ciel qu'il peint, on sent que tout est en train de finir.

*

L'esprit, c'est ce qui rend en chacun le monde insupportable, et ce qui nous rend à nous-mêmes insupportables chaque fois que nous concédons quelque chose à ce monde. Dans un sens, je dirai que c'est la chance de l'Esprit que la société aille à sa perte et ne se soucie plus du spirituel. Le plus grand danger serait en effet que la société lui fasse une place. Les époques où le religieux prospérait étaient peut-être les plus dangereuses pour lui. Le monde moderne a, par rapport à l'Esprit, une vertu de clarté : l'esprit et l'âme n'ont plus rien à faire ici-bas. Les philosophies et les religions ne sont qu'une manière interne pour le monde de se réguler afin de fonctionner encore mieux. Ceux qui écrivent là-dessus ne gênent personne : ils ronronnent. C'est un mélange d'humanisme et de gentil moralisme. Et quand, comme Jean Sullivan ou Stanislas Breton, ils ne ronronnent pas, ils sont pratiquement ignorés parce qu'ils gênent. Il n'y a plus aucun espace laissé à ce qu'on appelle l'esprit. Celui-ci est donc voué à une résistance absolue, il ne peut s'accommoder de rien parce que c'est trop manifeste qu'il n'y a plus que la matière. C'est beaucoup plus net qu'avant. Hier, le clocher des églises pointait le ciel comme un doigt, c'était un petit rappel constant de l'infini. Aujourd'hui, l'esprit se réfugie où il peut, dans un brin d'herbe, ou dans cette tourterelle que j'ai vue l'autre jour, aussi blanche qu'une boule de neige, et qui était d'une tranquillité absolue, avec les petites perles de la pluie tout autour. Elle était si douce qu'elle faisait comprendre ce qu'est la pluie et qu'on ferait mieux de médire des activités des hommes que des intempéries.

*

C'est parce que aujourd'hui tout est perdu que la résurrection peut commencer enfin : tout ce qui était sacré est atteint comme le seraient des arbres après le travail d'un vent noir. Le mot résurrection trouve un appui réel dans cette perte enfin presque totalement réalisée : de même que l'absence d'un mort nous inonde de sa présence et nous le rend encore plus cher, on sait ce qu'est un arbre quand on le découvre accablé et la face contre terre. Au cours d'une promenade au cimetière, j'ai vu sur une tombe ces mots inscrits : « Ici repose untel, en attendant le jour de la Résurrection. » Cette phrase était plus dure que la pierre sur laquelle elle était inscrite. Cela me fait penser aux Évangiles. Ce qui me convainc dans la scène du tombeau vide, le matin de la Résurrection, c'est que personne ne s'y appesantit : les évangélistes n'y consacrent que deux lignes. Des falsificateurs auraient écrit des volumes sur la Résurrection. J'y crois parce qu'il n'y a que deux lignes. C'est étrange que la chose la plus importante figure à peine dans les Évangiles. C'est la même étrangeté qui me convainc avec Marie : elle a eu cette grâce que lui soit annoncée la nature divine de son fils, et trente ans plus tard elle a oublié : c'est exactement comme ça dans la vie. Elle est revenue à sa fonction maternelle, elle s'est rassise. Comme quelqu'un qui aurait reçu la foudre et qui ne verrait plus que la petite barrière du quotidien. Quand je lis ça, je sens que c'est vrai. Je sens qu'on peut tout apprendre et puis être dans une sorte d'oubli. Cette sorte d'oubli du plus essentiel, cet engourdissement de la mère à qui on a pourtant dit qui elle allait porter dans sa chair. Les sagesses ne sont qu'une façon de nous dresser, mais il y a dans les Évangiles quelque chose d'aussi vivifiant qu'une branche de magnolia. En les lisant, on se sent étrangement dispos, comme un antiquaire qui posséderait une très vieille chaise dont les pieds se mettraient soudain à bourgeonner.

*

Parler de Résurrection, c'est entrer dans un domaine où tous les mots se mettent à trembler. Comme je sais que je n'en sais rien, il m'est curieusement encore plus précieux. C'est en effet le seul verbe dont on ne connaisse rien, presque par définition. Il dit une chose qui dans un sens n'existe pas. C'est comme un mot qui attendrait de s'incarner. Je ne peux peut-être rien savoir de ce verbe avant mon anéantissement, mais je me demande si on ne peut pas toucher le silence dans lequel il explose et sur lequel il projette une lumière quasiment atomique. C'est un verbe très précis et qui n'est pas du tout émoussé, peut-être parce que c'est un mot dont on ne se sert pas souvent. Il y a quelque chose de l'or des cuivres là-dedans. Il a une sonorité de cuivres. Il éclate comme une fleur, mais il explose dans un silence qu'on ne peut entendre nulle part dans la nature. Mais son premier sens m'importe aussi : il signifie simplement réveiller.

★

On ne peut avoir de Dieu qu'une connaissance indirecte. Je connais Dieu pour avoir vu des gens qui le servaient comme on sert un grand prince. Mais le châtelain obstinément retiré qui m'a invité à un séjour à la fois terrifiant et fabuleux, comme tout le monde, je ne l'ai jamais vu. Quand je vois la préférence terrible que quelqu'un se donne à lui-même, je ne peux plus rien deviner du ciel : il est alors tendu de noir. Mais quand je vois la volonté de quelqu'un refluer loin de son visage, par une douleur ou par une joie, cela me dit quelque chose du divin. Ce visage devient alors aussi magnifique qu'un coucher de soleil.

★

Je suis très réservé sur les anges. Ils fréquentent ces temps-ci de mauvais lieux, des livres de philosophie et d'ésotérisme douteux. Je n'aime pas imaginer l'au-delà. Je n'aime pas l'imaginer comme une volière pleine de cacatoès théologiens qui seraient les anges. Je possède chez moi un petit ange fait d'un cornet couvert de poudre argentée. La tête est une boule de papier mâché fixée sur une allumette, les ailes sont faites du papier argenté qui couvre les chocolats. Il est presque chauve et ses cheveux sont quatre bouts de laine. Eh bien, je préfère encore cet ange de quatre sous qui parfois se casse la tête sur le parquet de ma chambre. Maintenant, je passerais mes jours et mes nuits à fréquenter l'ange du copeau de bois, l'ange du chèvrefeuille, et ainsi de suite. Par cette liste qui, à vrai dire, est infinie, je ne suis pas en train de noyer ma pensée sous de la crème Chantilly. Ces anges-là ne sont en effet pour moi que la crête du visible, une crête si fine qu'elle en devient imperceptible. Ces anges servent à donner forme au plus subtil de cette terre. Pour les anges qui, selon la Bible, ont leur demeure dans le ciel, je ne saurais trop vous en parler. Je ne les vois jamais mieux que dans cette phrase de Rimbaud évoquant « la vérité qui peut-être nous entoure avec ses anges pleurant ». Car c'est vrai que nous ne lui donnons rien à la vérité, et que les anges ont de bonnes raisons de pleurer. Quand j'entends cette phrase magnifique, je ne sais plus rien. Je sais seulement que je n'aimerai jamais assez, parce qu'il faudrait pouvoir dire à la fin cette parole de Catherine Pozzi : « Je vais mourir mais tout est bien : je vois si bien comment la limpidité de l'esprit et la rigueur du sentiment, c'est une même chose. » Mais pour revenir à la question des anges, oui, il me paraît évident que, sans ce qui nous arrache à la pesanteur pour nous offrir à l'affection de l'invisible, nous ne serions rien, nous n'existerions même pas.

*

La plupart des poèmes sont comme des allumettes qu'on gratte : ils nous éclairent pendant quelques secondes et cela fait une jolie flamme, mais ensuite, il ne nous reste plus à la main qu'un petit bout de bois calciné. Je n'ai jamais vu la lumière, mais je la connais toute, et je sais que la vraie lumière ne s'éteint pas comme ça. Ce ne sont pas les poètes qui donnent la plus grande lumière, mais ceux qui ont aperçu une lumière plus belle que la poésie. Ce qui est effroyable quand quelqu'un meurt, c'est de ne plus pouvoir poser sa main sur l'épaule de l'autre et lui confier quelques mots simples. Chaque fois qu'on enterre quelqu'un qu'on aime, il se passe ceci : on vous prend vivant un morceau de vous-même et on le fourre en terre. Penser cette pensée-là jusqu'au bout est presque impossible, parce que c'est trop déchirant. Pourtant, l'univers continue à nous fournir des consolations et des énigmes très douces, et ce sont à elles qu'il faut faire attention si nous ne voulons pas périr de chagrin. Par exemple, dans l'Évangile, les gens ont un travail et cela est un mystère. Quand on réfléchit à ces événements, à ces gens qui quittent leur travail pour suivre le Christ, on s'aperçoit qu'ils vont pêcher des âmes exactement comme ils pêchaient du poisson, avec la même justesse, comme si cet art qui ne leur avait servi jusqu'alors qu'à se nourrir était déjà propice à les faire vivre pour toujours. La vie spirituelle n'est peut-être rien d'autre que la vie matérielle accomplie avec soin, calme et plénitude : quand le boulanger fait parfaitement son travail de boulanger, Dieu est dans la boulangerie. Le ciel, avec le Christ, descend sur terre un tout petit peu plus qu'il ne le fait d'habitude et trouve ici ou là, grâce au travail des cœurs, sa place en creux, comme si une niche lui avait été préparée dans les filets des pêcheurs, dans les outres à vin ou dans les corbeilles de pain. On n'a jamais glorifié autant la terre, les travaux et le plaisir de parler que dans l'Évangile. Le ciel et la terre y sont face à face pour la première et peut-être la dernière fois de l'Histoire.

*

Dans *L'atelier d'Alberto Giacometti*, Jean Genet parle d'une œuvre d'art qui serait destinée aux morts. Dans cette seule phrase, cet auteur qui est persuadé d'être athée a soudain le pressentiment de la transcendance. Comme le dit justement Durkheim, on peut être un voyou et avoir le sens de la transcendance, et être un homme de bien et ne pas l'avoir. Le mieux est de ne se faire aucune illusion sur l'histoire des sociétés. Je pense qu'aucune n'a accueilli la lumière, et pourtant notre époque est pire : c'est la première fois qu'on a supprimé le ciel. Avant, il pouvait se frayer une place comme les éclairs dans la nuit, car le monde était autre chose qu'un lieu d'asservissement, et cette autre chose pouvait amener une grâce. Mais aujourd'hui, on a effacé le ciel aussi simplement et aussi doucement qu'avec une éponge sur un tableau noir, et pour la première fois nous sommes laissés entre nous. C'est pourquoi il n'y a plus que l'entre-dévorement. Pour connaître ce monde, il suffit d'entendre parler les citoyens américains. Il y a quelque chose qui leur est propre et qui est répandu partout : une sorte d'incroyable suffisance. « Ce que je fais, c'est bien. » Ils sont comme des hommes sans failles, des hommes sans regard. C'est le reflet du ciel dans la prunelle des yeux qui donne les regards, comme un petit caillou jeté dans l'eau tremblotante des yeux. En effaçant le ciel on efface les regards. On nous a enlevé petit à petit et méthodiquement la lumière qu'on avait dans les yeux en naissant. Aujourd'hui, pour la majorité des gens, le Christ est une ultime figure de Walt Disney, ni plus ni moins.

★

Aujourd'hui, tout a été corrompu. Même le temps a une étiquette avec un prix dessus. Alors ce titre, *Ressusciter*, je le reçois comme un mot d'ordre. Ce titre est un impératif que je me donne à moi-même. Je vais vers la résurrection. On ne ressuscite pas une fois pour toutes, mais il faut « tenir le pas gagné », comme dit Rimbaud. La mort, le sommeil, la facilité, le confort peuvent toujours revenir si on ne fait pas attention. Jamais le monde n'a été aussi fort. Le terrorisme tel qu'on le connaît historiquement ne réussit qu'à renforcer le système qu'il prétend attaquer, bien que certains de ses membres aient pu avoir des têtes d'anges. Jamais la négation de l'âme n'a été aussi forte et tranquille. L'esprit n'est même plus nié, c'est plus sournois qu'une négation. Nous sommes comme des prisonniers dont le corps seul aurait le droit de sortir. L'âme va rester vingt-quatre heures sur vingt-quatre en prison : le reste, le clinquant, c'est seulement cela qui est libre. Cette société ne croit plus qu'à elle-même, c'est-à-dire à rien. C'est donc une lutte infernale de chacun contre tous, car s'il n'y a qu'un seul monde autant y être le premier : il y a presque une logique là-dedans. C'est le meurtre légal, accepté. Aujourd'hui, il n'y a plus d'obstacles. On est dans une sorte de progression négative dont on ne voit pas le terme et qui est comme d'avancer dans une nuit vide de tout. On a déclenché quelque chose qui est sans pitié, comme un fou qui aurait libéré sa folie. Il faudra que tout soit atteint pour qu'on commence à réfléchir. Le nihilisme porte un coup de boutoir à ce qui nous nourrit, et ce sont toutes les nourritures qui sont atteintes : on nous fait manger de mauvais mots, on nous fait avaler de terribles sourires. Il faudrait tout passer au jet, même les mots, même la religion. Les bonnes volontés religieuses me font penser à ce que Rimbaud appelait des flaches : il n'y a en elles pas de quoi désaltérer ni capter un reflet du ciel. La religion est devenue une nourriture fade, qui ne nourrit plus personne, et quand elle parle du cœur c'est sans talent, parce qu'elle ne croit plus à ce mot. Seule la poésie garde un ferment actif de révolte. Je ne crois pas que les grands poètes nous parlent seulement de papillons quand ils en parlent : ils nous apportent aussi un premier secours.

*

Il n'y a pas d'explication, sinon dans l'invisible. Je crois seulement que, quand je mourrai, tout l'amour réel que j'ai reçu et donné se tiendra à côté de moi. Tout ce que je pourrais dire, c'est que, ce qui me paraît être le plus proche d'un livre, jusque dans sa forme même, c'est une tombe. Sous la couverture du livre comme sous la pierre tombale, il y a une âme qui attend une résurrection. La lecture exhume, et il y a quelque chose dans un livre qui peut à la fois revivre et nous ressusciter. Soulever la couverture d'un livre, c'est soulever une pierre tombale et entrer dans le royaume des morts. Une pierre tombale est aussi un des rares objets sur lesquels il y a quelque chose d'écrit, comme sur la couverture d'un livre. Quant à la mort, il n'y a peut-être qu'une seconde où elle est plus forte que tout. Deux choses nous éclairent, qui sont toutes les deux imprévisibles : un amour ou une mort. C'est par ces événements seuls qu'on peut devenir intelligents, parce qu'ils nous rendent ignorants. Ces moments, où il n'y a plus de social, plus de vie ordinaire, sont peut-être les seuls où on apprend vraiment, parce qu'ils amènent une question qui excède toutes les réponses. C'est toute notre personne qui répond à ce moment, tout le prêt-à-penser des réponses étant pulvérisé pour laisser la place à une seule certitude : cette rose qui peut faire mal aux yeux tellement elle est belle et qui éblouit autant que le soleil et dont les pétales tombent sitôt qu'on pose la main dessus, la mort ne peut en emporter la gloire. Hier je suis passé devant un rosier de roses blanches à la tombée du jour, et j'ai su que les morts et ces roses avaient exactement la même présence sur Terre, parmi nous.

*

Je ne sais pas quel livre j'écrirai demain, parce que je ne sais pas quel homme je serai. Pour l'heure, je voudrais que ma vie soit comme une fleur qui ne cesse jamais de s'ouvrir, avec un parfum toujours plus grand. Je voudrais apprendre à pleurer, je voudrais arriver à moins comprendre parce que je réfléchirais de plus en plus, je voudrais lire des livres qui seraient aussi beaux qu'un pré, et poser mon regard sur de la lumière écrite, je voudrais arriver à la mort plus frais qu'un bébé, et mourir avec cet étonnement des bébés qu'on sort de l'eau.

DU MÊME AUTEUR

Aux Éditions Gallimard

LA PART MANQUANTE (« Folio » n° 2554)

LA FEMME À VENIR (« Folio » n° 3254)

UNE PETITE ROBE DE FÊTE (« Folio » n° 2466)

LE TRÈS-BAS (« Folio » n° 2681)

L'INESPÉRÉE (« Folio » n° 2819)

LA FOLLE ALLURE (« Folio » n° 2959)

DONNE-MOI QUELQUE CHOSE QUI NE MEURE PAS *En collaboration avec Édouard Boubat.*

LA PLUS QUE VIVE (« Folio » n° 3108)

AUTOPORTRAIT AU RADIATEUR (« Folio » n° 3308)

GEAI (« Folio » n° 3436)

RESSUSCITER (« Folio » n° 3809)

L'ENCHANTEMENT SIMPLE et autres textes. *Préface de Lydie Dattas.* (« Poésie/Gallimard » n° 360)

LA LUMIÈRE DU MONDE. Paroles réveillées et recueillies par Lydie Dattas (« Folio » n° 3810)

LOUISE AMOUR (« Folio » n° 4244)

LA DAME BLANCHE (« Folio » n° 4863)

LA PRÉSENCE PURE et autres textes (Poésies/Gallimard n° 439)

Dans la collection « Écoutez lire »

LA PART MANQUANTE (2 CD)

Aux Éditions Fata Morgana

SOUVERAINETÉ DU VIDE (repris avec LETTRES D'OR en « Folio » n° 2681)

L'HOMME DU DÉSASTRE

LETTRES D'OR

ÉLOGE DU RIEN
LE COLPORTEUR
LA VIE PASSANTE
UN LIVRE INUTILE

Aux Éditions Lettres Vives

LE HUITIÈME JOUR DE LA SEMAINE
L'ENCHANTEMENT SIMPLE (repris avec LE HUITIÈME JOUR DE LA SEMAINE, L'ÉLOIGNEMENT DU MONDE et LE COLPORTEUR en « Poésie/Gallimard », n° 360)
L'ÉLOIGNEMENT DU MONDE
L'AUTRE VISAGE
MOZART ET LA PLUIE
LE CHRIST AUX COQUELICOTS
UNE BIBLIOTHÈQUE DE NUAGES

Aux Éditions du Mercure de France

TOUT LE MONDE EST OCCUPÉ (« Folio » n° 3535)
PRISONNIER AU BERCEAU (« Folio » n° 4469)

Aux Éditions Paroles d'Aube

LA MERVEILLE ET L'OBSCUR

Aux Éditions Brandes

LE FEU DES CHAMBRES

Aux Éditions Le Temps qu'il fait

ISABELLE BRUGES (« Folio » n° 2820)
QUELQUES JOURS AVEC ELLES
L'ÉPUISEMENT
L'HOMME QUI MARCHE

L'ÉQUILIBRISTE

Aux Éditions Théodore Balmoral

CŒUR DE NEIGE

Livres pour enfants

CLÉMENCE GRENOUILLE

UNE CONFÉRENCE D'HÉLÈNE CASSICADOU

GAËL PREMIER ROI D'ABÎMMMMMME ET DE MORNELONGE

LE JOUR OÙ FRANKLIN MANGEA LE SOLEIL

Composition Imprimerie Floch
Impression Novoprint
à Barcelone, le 20 juin 2009
Dépôt légal : juin 2009
Premier dépôt légal dans la collection: janvier 2003

ISBN 978-2-07-042711-0./Imprimé en Espagne.